Syuma & Senkawa
「仙川准教授の偏愛」

――見込みなくてもいいよ。好かれなくても、いいよ。
この人と、寝たい。
舌で素肌に螺旋をいくつかなぞられ、くすぐったさと
淫靡な快感の狭間で震える。
（本文P．139より）

仙川准教授の偏愛

佐々木禎子

キャラ文庫

この作品はフィクションです。
実在の人物・団体・事件などにはいっさい関係ありません。

目次

口絵・本文イラスト／新藤まゆり

落ち込んで傷ついた本日のとどめは雨だった。

仕事はのび悩み収入は減る一方だ。それでも実家暮らしでどうにかやっていたら、姉が離婚して出戻ってきた。めったに会わない叔母が遊びにきたついでに「手狭になったし、あんたそろそろ家を出たら」と笑顔で告げる。

言われるまでもなく、二十八歳にもなって親元で暮らしている自分にちょっと嫌気がさしていた。善意にもとづいた叔母のなにげないひと言が胸に刺さる。

風邪をひいて微熱で頭のなかが霞《かすみ》がかっていて、強《こわ》ばった笑みしか浮かばない。ふたりの子どもを連れ帰った姉が「ごめん」という顔になった。申し訳ない顔をされることが切なくて仕方ない。

大事にしまっていたプリンで元気を取り戻そうと冷蔵庫を開けると、あるはずのプリンがない。甥《おい》っ子にすでに食べられていた。

積み上げた「悲しみ」の積み木が「プリン」で崩壊する。

小学校一年生の甥っこに「俺のプリン勝手に食べただろう」と怒るわけにもいかないので涙を飲んで、ついでに風邪薬も飲んだら、胃が痛くなった。

泣きたい。

小市民すぎる己の器のちいささに泣きたい。

野津秀真《のづしゅうま》は、不運と呼ぶほどでもない不運スパイラルを忘れたくて、夜の散歩に出る。

家から遠ざかると胃痛が少しずつおさまっていく。つまり家にいることが自分のストレスなんだろうか。

近所のコンビニで、缶コーヒーを買ってその場で飲んで、気分転換してからまた戻って働こう。プリンも買って帰り、今度は後回しになんてしないですぐに食べてやる。

「……ちっさ。俺、ちっさ」

決意したと同時に、さすがに声が出た。

仕事は、売れない翻訳家だ。

生まれついてのゲイだが勇気がなくて家族にはカミングアウトできず、こっそりとつきあっていた彼氏には一年前にこっぴどく振られた。そもそもつきあっていたと思っていたのは秀真だけで、相手にしてみれば秀真は何人ものセフレのひとりでしかなかったらしい。

辿《たど》りついた徒歩圏内のコンビニは街の冷蔵庫だ。ぶーんと低い音をさせて闇夜《やみよ》のなかで明かりを灯《とも》している。

秀真はぼんやりと自販機の前で立ち缶コーヒーのプルトップを開ける。

「あ、雨だ」

見下ろしたアスファルトの路面に黒い丸の染みが浮かぶ。頬《ほお》や手に冷たい滴を感じ、空を見上げる秀真の双眸《そうぼう》は、甘いキャラメルの色をしている。たまにハーフと間違われることがあるが、秀真は生粋の日本人だ。どこをとっても甘く、線の細い容貌。ネクタイをしめることのない在宅翻訳家という仕事のせいなのか、性格のせいなのか、年を重ねることを途中でとめてしまったような、幼さが透けて見える。

ふいに降りだした雨の行方《ゆくえ》を、雨雲の様子で探るが——見極めがつかない。

ここでどしゃ降りになったなら最悪だ。

風邪がひどくなるだろうなと、甘いコーヒーを飲みながら考える。

それでもすぐに帰ろうと思えないのは、いまの家には自分の居場所がないような気がするからだ。

秀真は、現状の確認をしてから、嘆息する。とにかく家を出よう。この少ない稼ぎでやっていけるアパートでも借りて——仕事も増やさないと。企業翻訳でもなんでも、できることをして、能力を上げていって——。

能力を上げようなんてこの年になっていまさら考えるようなことかと、自分に突っ込んだ。もっと若いときに考えておけよ。

ふと、視界のすみに気配を感じる。

コンビニの脇《わき》から唐突に出てきた男が、ふらふらと歩いていく。

いままで人がいることを認識できなかったのは、男が黒いコートを着ていたからだ。暗がりと一体化していて、見えなかった。

動くものに自然と視線が引き寄せられた。見るともなく見つめる。

明かりのなかに歩きでてきた男の横顔は、はっとするほどの美男子だった。

目を惹《ひ》くだけではなく、秀真の記憶中枢を刺激する。どこかで会ったようなと思うのに、具体的な名前は思いだせない。誰だっけ誰だっけと考えて、男の整った顔を熟視した。

切れ長の強い意志を感じさせる双眸。彫りの深い顔立ち。長身で均整のとれた身体に羽織った黒いコートの裾が、風で、はためいた。黒いコートの裏地は深紅だ。ちらりと翻った赤が目に焼き付く。美形すぎて、そこだけ、現実じゃないみたいに見えた。

男は、そのまま身を乗りだして車道へとためらいなく進んでいく。

雨足が強くなる。

車道を行き交う車が、秀真のなかでいきなりくっきりと立体化したかのように感じられた。

男の動きは素早すぎた。

車に向かって飛び込んでいくようにしか見えない。

「ちょ……危なっ」

男は、片手を上げて、誰かに対して挨拶《あいさつ》でもするかのようにして、早足に車の正面へと突き進んでいく。

車のライトが男を照らし――。

気づいたとき、秀真は、走りだしていた。

車が蛇行して男を避け――秀真は男のコートをつかんで引き寄せて、バランスを崩して歩道に転倒する。

転んだ秀真に、車のタイヤが雨の滴をはね飛ばしていく。

クラクションを鳴らし――そのまま車は走り去っていった。

秀真がこちら側へと引っ張った男も、すぐ横で膝《ひざ》をついて転倒していた。

顔を上げて、男が言う。

「なにをするんだ」

低く、魅力のある深い声だ。眉間《みけん》にしわを寄せ、困惑した顔で秀真を見つめる。

――あ。

その切れ長の双眸に、射抜かれたような気がした。

「どうした？　泣いてるのか？」

しかもそう言って男は秀真の頬に手をのばしてきた。

なにを言っているんだと、呆気《あっけ》にとられる。

どうやら秀真の頬を濡《ぬ》らした雨の滴を、涙と誤解したらしい。男の冷たい指先が秀真の目元を拭《ぬぐ》う。

瞬きをした男の頬にぽたぽたと雨が落ちる。

「泣いていないです。これは雨……あなたは」

　――あなたこそ、泣いているの？

　男の頬も眸《ひとみ》も乾いていたけれど、走る車に向かって飛びだしかけた人なのだから。

　近づくと、男の呼気はアルコールの匂いがする。酔っ払っているのだろうか。

「あんたね、なにがあったか知らないけど……こんなことして……」

　言葉にならなかった。

　あのまま飛び込ませていたら、この人は、死んでいた。

　いまさら手が震えだす。唇も震え、動揺して言葉を紡げなくなった秀真を見て――男は、噴きだした。

「な……」

　笑いだすって、どういうことだ⁉

「もしかして俺が自殺するとでも思ったのか？」

　笑いながら男は立ち上がり、ついでみたいに秀真へと手を差しだす。つられて顔を上げ、その手を握った。引き上げられながら、秀真は尋ねる。

「違うんですか？」

「タクシーを止めようとしただけだよ。俺は目が悪いから、道まで出ないとわからなくてね」

　向かい合わせで立つと、男の背は、秀真よりずっと高い。

身長百七十ちょっとの秀真より頭ひとつは高いだろう。

「いまのタクシーじゃなかったですよ」

「みたいだね」

飄々《ひょうひょう》とそう言ってのけるから、秀真は脱力した。

勘違いしたってわけか。自分が傷ついて弱気になっていたから、そういう発想になったのかもしれない。車に飛び込んでいくのかもなんて、暗い方向に想像が傾いた。

「あの……すみません」

しおしおと応じると、男はさらに笑った。

「いや。こちらこそ、すまない。タクシーを止めたいだけだったのに、もしかしたら轢《ひ》かれてたかもしれないしね。助かった。服、汚してしまったね」

そう言われて、秀真はさらにうなだれる。

男のコートも、足もとも、汚れてしまっている。

「クリーニング代を出すよ」

「いや、とんでもないです。勘違いして、あなたの服を汚してしまってすみません。こっちがクリーニング代払わなくちゃ……」

「じゃあ、せめて缶コーヒー代を」

言われてはじめて気づいた。秀真は飲みかけの缶コーヒーを路上に捨てて飛びだしていた。

「わーっ」

走っていって自販機の前に転がった缶を拾い上げると、コーヒーはすべて流れ出てしまって空っぽだ。

「ありがとう。命を助けようとしてくれて。なにかあったら連絡して」

後ろから静かに歩いてついて来た男がそう言って、秀真の手のひらに硬貨と名刺を押し込んだ。ありがとうって、なんなの。どう考えても秀真は道化なのに。

「あ、タクシー」

目を上げると、今度こそタクシーが走ってくる。

「本当に？」

目をすがめて首を傾《かし》げて車を見た男は、片手を上げて車道に向かっていく。今度は秀真は男の動きを止めない。

タクシーが停止し、男は「じゃあ」と秀真に会釈して車に乗り込み、去っていった。

秀真の手のひらのなか、硬貨はひんやりと冷たい。

「仙川月久《せんかわつきひさ》」

押し付けられた名刺を見て、秀真はひとりごちる。

ものすごく聞き覚えのある名前だ。

仙川月久――本を何冊も出している有名人じゃないか⁉

1

少しだけ開いたドアの向こうで男の声がする。

「ハンバーグ食べたいんだって。は？　美味《おい》しい店？　そんな店あるんだ。じゃあ今夜にでも……時間があわない？　ひとりでいけとか言うなよ。冷たいなあ」

話しかけている相手の声は聞こえない。電話だろうか。

「わかったよ。また次の機会に」

深くて、響く、いい声だ。

野津秀真は、ドアをノックして、しばらく待つ。

じっと待機していても「入れ」と言われず、どうしようかと考えていたら鼻歌が聞こえてきた。ハンバーグ、ハンバーグが食べたいなあ。これというメロディのない、だらっとした謎の歌だ。

そっと隙間《すきま》から部屋の内側を覗《のぞ》く。

男がひとり、ドアに背中を向けて、ＰＣに向かっている。男がくちずさむ鼻歌はずっと同じリズムでつづいている。

これは秀真のノックが聞こえていなかったのだろう。

もう一度、今度はちゃんと聞こえるようにと強くドアを叩《たた》く。

と——男が振り返った。

「どうぞ」

きりっと顔を引き締めて男が言うから、秀真は、ハンバーグの歌（おそらく自作）のことは忘れて「失礼します」とかしこまって入室した。

そこにいるのは見覚えのある男だった。

一昨日、コンビニ前で秀真が勘違いをして飛びついて倒した男だ。目を細めて探るように秀真を見返してくるのは、視力がかなり悪いからだろう。

——仙川月久。

今日もまた、前回同様、眼鏡《めがね》ナシ。

眼鏡キャラとして認識されている仙川が、眼鏡をかけていなかったから、雨降りの夜に見かけても最初はピンとこなかったのだ。いま見ても、事前に、ここにいるのが仙川だと知っていなかったらストレートに名前と実体が結びつかない。

眼鏡は、人の顔を認識するための重要なポイントなのだなとしみじみ思う秀真だ。

「先日は申し訳ありませんでした。野津です」

「ああ、命の恩人」

仙川が真顔で言う。嫌味かよと、思う。

仙川は、秀真の二十八年間の人生で「かっこいい男ランキング」を作成したらベスト3には確実に入るだろう男前だ。実際に今年の春には「眼鏡の似合う有名人ベスト3」に選出され、特注の眼鏡を贈られている。

百九十センチ近くある長身。異国のコインに彫り込まれていそうなバタ臭く整った顔つき。誰もの目を惹く、独特の磁力みたいなものを持っている。

三十二歳の年相応の渋みと男の色気。

こんなルックスなのに、仙川は俳優でもモデルでもなく、私立W大の経済学の准教授である。といっても、この一年ほどは、経済学から派生した「仕事をして社会と関わることと本来の生き方の合致が幸福と資産を生む」といった切り口の生き甲斐《がい》系の書物の著者としてのほうで有名だ。

かっこよくてユーモアを解する准教授。

女性たちを陶酔させる容貌とあいまって、急激なブームを呼び、女性向けの雑誌やテレビのコメンテーターとしても活躍している。

そしてここは——仙川の勤める大学の研究室である。

「わざわざクリーニング代払いたいって奇特な人ですね。——座って」

頭を下げて、うながされるままに椅子《いす》に座ろうとしたが、座れない。書類と書籍とファイルが、人の座るべき場所に置いてあるからだ。この上に座るわけにはいかないだろうと、それをすべて取り上げる。そのまま座り、取り上げたファイルや本を膝に大事に抱えた。

他に置いていい場所が見つからなかったのだ。

仙川の表情が微妙に変化する。自然と零《こぼ》れたような笑みが口元に浮かび「そういうの、いいね」とつぶやいた。

「机や隣の椅子に置く人は多いけど、自分の膝に置いてくれるのって新鮮だ」

そうして、仙川はおもむろにテーブルの上にあった眼鏡を取り上げてかけた。

レンズ越し――強く、鋭い視線が秀真の顔へと焦点を結ぶ。

途端、秀真は仙川に狙《ねら》いを定められたような気がした。眼鏡のレンズでロックオンされたような錯覚にとらわれる。

――あ、この顔。

秀真が覚えている仙川は、この顔で、このイメージだ。

知的で、がっつくような猛々《たけだけ》しい男。

もちろん、ただ、眼鏡をかけて秀真を見たというそれだけだ。どこを見ているともいえない、定まらない視線が、眼鏡をかけることで明確に秀真へと届いただけ。

なのに一気に緊張感が高まる。食い入るように見つめられ、自分の内面の細かい部分まで拾いあげ、検分されている感じがした。

たかが眼鏡なのに、かけると、仙川の印象は一変した。

変身のための道具みたいに、眼鏡をかけると、一気に男前度が上昇する。理知的で、かつ猛獣めいた部分が加わる。

ふらふらとして歩いていたコンビニ前の仙川の姿や、先刻の暢気《のんき》な鼻歌が嘘みたいな変貌だ。

「名刺渡したのは、万が一あれできみが怪我《けが》でもしてたら申し訳ないからであって、なにかを支払ってもらいたいわけじゃなかったんだけどな」

「そういうわけにもいきません。こっちが勘違いしてあなたに当たっていったんですから。当たり屋みたいなもんじゃないですか」

「当たり屋って車に当たるもんなんだけどね」

仙川がおもしろそうに、そう告げた。

秀真は、封筒に入れて用意したクリーニング代を取りだし「これを……」と渡そうとしたところで、動きを止める。秀真の膝の上には取り上げたファイルと本がある。膝の上の本を置く場所を探したが机の上にもファイルと本の山が積みあがっている。

さらに、座った秀真の足もとにも本が山になっている。

「それとも、あれかな。ちょっとマスコミに露出しはじめた俺の醜聞を嗅ぎつけようとする、そういう意味での当たり屋なのかな」

「まさか」

ぶんぶんと首を横に振ったら――勢いで膝の上に載せていたファイルが滑り落ちた。手にしていた封筒も床に落ちた。

「あ……」

「冗談だ。まさかこの程度の露出で醜聞とか」

仙川が立ち上がり、秀真の側《そば》まで来て屈み込む。慣れた仕草で崩れた本の山を直した。

慌てて秀真も床から書類の束をつかみ上げて――いちばん上にあるチラシの文字に目が釘《くぎ》づけになった。

『西荻窪《にしおぎくぼ》マンション借り手募集。所有者は経済学准教授、仙川月久』

「……安い」

チラシをわしづかんで、つぶやいた。

「なに？　部屋探してるの？　それ、仕事部屋として使ってたマンションなんだけど、最近は仕事が忙しくて自宅と仕事部屋の行き来が面倒になってさ。でも本の整理も引っ越しも嫌だから、書籍や家具そのままで借りてくれる人いないかを、これから探す予定で――チラシ作ってもらったんだけど」

紙に穴が開きそうなぐらい凝視した。

場所の立地と２ＬＤＫという広さのわりに家賃は市価の三分の一だ。

いままで仙川が使っていたソファとテーブル、本棚とそこにしまわれた書物をそのまま置いていくので、丁寧に使用してくれることが条件だと記載されている。

——この価格なら俺でも暮らせる。

しかもソファやテーブルは新たに購入しなくてもいいということだ。

「これ、まだ募集しているんですか？」

「まだというより、これから募集する予定。借りたい？」

勢いよくうなずいたら、仙川が苦笑した。あまりにも必死すぎたらしい。

「じゃあ、俺の部屋に入居できるか、人となりを見るための面接しようか」

「面接？」

「だって俺の蔵書や家具の一部をそのまま貸しだすんだから、人となりを知りたい。嫌な奴に俺のプライベート空間の一部に踏み込まれたくないし」

「人となりですか？」

「最近のきみがよく考えることってなにかな」

「最近……は『あい』についてずっと考えています」

「あいについて？」

仙川が、少しだけ痛そうな顔をした。これは「愛」について考えていると思われていると察し、秀真は慌てて言いつのる。この年で愛について毎日考えている痛い奴と思われてしまっていたら、たまらない。

「訳したい本があるんです。ミステリでとてもおもしろいものなんですが、『I』の使い方が難しくて。女の子でも男の子でも英語では『I』。だけど和訳するときに、あたしにするか僕にするかで性別が最初からわかる。かろうじて、私、にしたらいいのかなって。自分のことを殺してくれる相手を募集する話なんですが……」

「ああ、そっちの『I』か。訳したい本って、きみ、翻訳家？」

「はい」

「ちょっと残念。きみみたいな綺麗《きれい》な顔をした子が愛についてなにを毎日考えてるか興味あった」

綺麗という部分に関しては苦笑で返す。

仙川のような、歩いていたら誰もが振り返るだろう圧倒的な美貌の主にそんなことを言われても、嫌みにしか聞こえない。

三十秒ぐらいの沈黙のあとで仙川が、軽くうなずいて言った。

「うん。きみが相手なら仕方ないよね。貸すよ」

「え？」

スピード展開だ。

こんなにあっさりとＯＫされると拍子抜けだ。

「だって命の恩人だし、それに好みの顔だし」

ついでみたいにそう言って笑い、仙川は「じゃあいこうか」と立ち上がる。

「どこにですか?」

「部屋の内覧。きみも一度は見てから賃貸決めたいだろう。車で送るよ」

仙川月久はまったく行動がよめずマイペースな男のようだった。


仙川の運転する車に乗せられて秀真は件《くだん》のマンションにいく。

——車、酔うんだけどな。

なのに断りそびれた。

断ったら気分を害されるのではと咄嗟《とっさ》に思ってしまったからだ。

秀真は乗り物に弱い。たぶん精神的なものなのではと思うのだが、他人の車に同乗するのがだめなのだ。窓を開けて空気の入れ換えができないときが最悪だ。車の香水系のものがぷんぷん匂う車内だと覿面《てきめん》に酔う。

ありがたいことに仙川の車のなかは無臭だった。

仙川は運転が好きなのだそうだ。自分で自分のいき先をコントロールできる乗り物が好きだから、できるだけ自家用車で移動したいのだとさらりと言われ、妙な納得を覚える。

つまり、仙川は「そんな感じ」の男だった。

他人に左右されない揺るぎなさと、周囲にあわせていき先を決めることができない偏屈さを持っている。いまさっき会っただけで、なにがわかるとも思うけれど。

――でも、鼻歌を歌ったりするんだよな。

助手席で、秀真は、ぼんやりと記憶を反芻《はんすう》した。ハンバーグの歌が無駄に脳裏にすり込まれている。さらに仙川は、酔っ払ってふらふらと夜道を歩いたりも、する。

そういう「緩さ」は、マスコミを通じて知られている仙川像からは一切感じられない。ギャップのある男だ。

「俺が運転できるのは自転車だけですね」

と秀真が言ったら、興味なさげに「そうか」と流された。

仙川の運転は丁寧だ。信号はきっちりと守るし、車間距離もしっかりと取っている。

「仙川さんの本を読んで感動したんです。人に喜んでもらうことを考えるのと自分の好きな道とを直結させたら、経済が連動して回っていくって学者さんに言われると、やる気が出るというか……」

車中では、秀真なりに気を使って仙川に話しかけた。

なにかしら気を紛らわせていないと具合が悪くなるのではという不安もあった。

「そう。ありがとう」

しかし、秀真の台詞《せりふ》をリップサービスと取ったのか、仙川は気乗りのしない生返事を返して寄越すだけだった。

仙川はひとつのブームを形作っているため、著作が多すぎる。だから秀真もすべてを読んでいるわけではなかった。

それでもブームのきっかけになった本と、そのあとの数冊を読んでいる。

仙川の出した本はおもしろかった。

経済学と生き甲斐なんて普通に考えたら結びつかないものが、仙川の著作のなかでは一本の道としてすっきりとつながっていた。楽しく生きていくこと、他者に対してのサービス精神こそが、現代の日本人の経済活動を膨らませる鍵《かぎ》であるということを、わかりやすく伝えてくれていた。

翻訳という、食べていくのが金銭的に難しい世界で、それでも「これを訳したい」とか「これを伝えたいから」というだけで必死に修業している秀真は、仙川の提唱していることに希望を感じた。

そうであったらいいのにと願っていることを、仙川が書いてくれていたのだ。

「経済って言われると難解で手を出しかねていたのが、仙川さんの本だったらおもしろく読めました」

「そう……」

穴の開いた風船みたいに気の抜けた返事だ。

まったく会話が広がらない。

気詰まりになって秀真の言葉が少なくなった頃に、やっと目的地に着いた。

若干、酔ったようで、胸が詰まったような不快感がある。

秀真は、しゅんとして車を降り、すっかり無口になって仙川の後ろをついていった。

赤みがかったタイルを使った外壁。昨今の高層マンションと比べると古さを感じさせる建物だが、周囲の風景と馴染《なじ》み、よく言えばレトロな味わいを醸しだしている。

暗い色調のエントランスには色の落ちた赤いカーペットが敷かれていた。そこにあるちいさな段差に気づかず、秀真は、自動ドアを抜けたところで躓《つまず》きかけた。

仙川が振り返り、さっと秀真の手を取って、支えた。

「気をつけて」

躓く前にそう言ってくれよと仙川を見返すと、まさしく秀真が思ったのと同じ台詞を続ける。

「躓く前に言うべきだったな」

口元に、白い歯が覗く。

そうですよと図に乗って声に出して言えるほどには、まだ心の距離は近くない。

近くないのに、いま、顔の距離だけはあまりにも近くなっていた。

「きみは危なっかしいな」

仙川に見られているシーンは間の悪いところばかりで、だから否定できない。でも仙川だってこのあいだは十分に危なっかしかった。ふらふらと歩いていたのはむしろ仙川のほうで――。

なのに、言い返せなかった。

言葉が喉《のど》につまって、出てこない。

ある種の美貌は、人を、黙らせる。

まじまじと近い距離で見つめられ、自然と、頬が熱くなった。仙川のまなざしが素直すぎて、見つめられただけで恥ずかしくなる。虫好きの子どもが綺麗な蝶《ちょう》の羽根を凝視しているときのような、きらきらした濡れた目で秀真を見下ろしている。

秀真は、吸い込まれるみたいに仙川を見つめ返していた。

「顔色が悪いな。もしかして車は苦手？　酔ったとか？」

「え……いや……」

図星を指されたのに、どういうわけか「違う」と首を振った。善意で車に乗せてくれたのだろうに、酔って具合が悪くなったとは言ってはいけないような気がした。

それを言いだすのなら、車に乗る前だ。なにも言わずに乗って、あとになって「酔いやすいんです」と言うのは、気が利かなすぎる。

「大丈夫です。何階でしたっけ」

平気なふりをして歩くと、仙川が「五階だ」と言ってから、いきなり秀真から離れて逆方向に歩きだした。

「え。な……」

「そこで待ってて」

くるりと振り返り、厳しく言う。ひとさし指をサッと振る仕草は、生徒を指導するときの先生の動きだ。本日の先生からのワンポイントアドバイス。そこで待ってて。

呆気にとられ、どうしたらいいのかわからず立ちつくす。

仙川は秀真をエントランスに置いて、一度マンションの外に出てから、片手にペットボトルのお茶を持ち、すぐにまた戻ってきた。

「はい。もしよければ飲んで。調子悪いようなら部屋にいってトイレで吐いてもいい」

側にある自販機で買ってきたらしく、渡されたボトルは冷たい。

「あ……りがとうございます」

仙川がさりげなく秀真の腰を支え、開いたエレベーターに乗り込む。

間合いのつかめない相手だ。言いたいことを言いたいときに言いっぱなし。それでいて優しい。

素直にペットボトルのお茶の蓋《ふた》を開けて、口をつける。すーっと喉を通っていく水分のおかげで、胸焼けのような不調が消えていく。

秀真がお茶を飲み込んだタイミングで、仙川が言う。

「このマンション、他もそうだが、特にエレベーターには古さを感じる。狭いし、内側のこのカーペットが、昔のホラー映画に出てきそうだろう？」

言われてみれば、そんな雰囲気だ。

「でも見た目はボロいが、あそこのカメラで警備会社がチェックしてくれているし、閉じ込められてもボタンを押せば助けがくるから」

借りる立場としては「ボロいですね。大丈夫ですか」とは言えない事項を、自ら口にして説明してくれる仙川の、そういうところは、ありがたい。

「築三十年の物件のわりには、定期的に建物のメンテナンスをしてくれているから住みやすいし、外から見たよりなかは綺麗だ。ただ、俺の部屋に溜《た》まった埃《ほこり》については見逃してくれ」

仙川の研究室はたしかに「整頓されている」とは言い難かった。学者の部屋というものを想像したときに思い浮かべる、本が積み上がって、ノートと書類がばらまかれたデスクそのままだった。「そこに座って」と示された椅子にまで紙と本に占拠されていた。

あの研究室と同じぐらい雑然としている室内なのだろうかとつかの間、思う。

五階に着き、ドアの前に立つ。

「どうぞ」

仙川が懐から鍵を取りだし、秀真へと差しだした。

「え？」

「鍵。ここは今日からきみの部屋だ」

これで開けろということか。鍵を受け取り、ドアノブに差し入れる。くるりと回すと奥でカチリと手応《てごた》えがあった。そのまま鍵を抜こうとしたが——抜けない。

「あれ」

力を入れて引いても鍵は鍵穴にはまったまま、びくとも動かない。

と——秀真の手の上に、仙川の手が重なった。背後から、そっと抱きしめるようにして、手を添える。

ふいにまとわりついた他人の体温が、秀真の全身を強ばらせる。

こんなに密着する必要がどこに!?

「癖があるんだ。こうやって一度押して」

秀真の手を覆う仙川の手。長い指と、厚くて大きな手のひらを凝視する。乾いた肌が秀真の甲の皮膚を擦《さす》る。

耳もとで確認され、首筋がざわりと粟立《あわだ》った。

——癖があるのは、ドアの鍵だけじゃなく仙川月久もだよ!

どうしたらいいのかとまどって固まったまま、仙川のアドバイスにこくこくとうなずく。自分が機械仕掛けになったような動きをしていることに気づき、なんともいえない気持ちになる。

「強く深いところまで押してから、一気に引き抜く」

仙川は秀真に鍵の引き抜き方のコツを伝授してくれているだけだ。わかっている。なのに、絶妙な触れ方と、低くて甘い声でささやかれたせいで、おかしな気分になる。はっきりいって、言い方がエロすぎる。

「そうすると抜ける。鍵が曲がってるのかもしれない。差しても、うまく回らないときもある。それとも、もうひとつの合鍵も同じ癖があるから、鍵が曲がっているんじゃなく、鍵穴の問題かもしれない。いままで俺はこうやって抜いてきて、困ったことがなかったから放置していたが、もしきみが困るようなら鍵ごと付け替えたほうがいいかな？」

引き抜いた鍵を秀真へと手渡し、仙川が平気な顔ですっと身を引いた。妙な連想をしてしまった自分に動揺する。

ちょっとした言い回しや、触れ方にいちいち反応しているなんて——性の目覚めの時期の中学生男子並みの妄想だ。

秀真がゲイだから意識しすぎているだけだろうか。

——ゲイ同士はひと目でわかるって聞くけど。

物欲しい顔をして好みのタイプの男をじっと見たときに、こちらの視線の意味に気づいて見返してくれるのはゲイだ。そうじゃない男は、男同士で視線をからめることに不具合を感じ、慎み深く目を逸《そ》らす。

秀真は、それ以外の方法で「ひと目で」相手が同じ指向だと気づいたことは、ない。

逆に言えば、もし仙川が秀真にモーションをかけてきているのなら——秀真は、物欲しげな顔をして仙川を見ていたのだろうか。

——だったら、嫌だ。

自分にうんざりする。

好みの男に対して、無意識に、さもしい顔をして見せているのだとしたら、そんな自分が嫌だと感じた。そんなふうだから、薄くて細い糸にぶら下がるような恋愛関係しかできなくて、相手の浮気で別れたりするんだ。前回の別れから得られた教訓である。

次にする恋は、もっと慎重にはじめたい。

「いや。いいです。だいたいわかりました」

鍵を手元に握りしめて、突き放すように言い返すと、仙川が「そうか」と言ってドアを開けた。

「ようこそ。今日からここはきみの部屋になる」

さあどうぞ、と言うように手を返して先に上がることをすすめられ、秀真は、靴を脱いで玄関をあがる。

廊下を抜けてリビングルーム。仙川がすたすたと部屋を突き抜けてベランダの窓を開ける。見晴らしがいい。家の屋根とアスファルトの道路とがパズルのように組み合わさった光景が眼下に広がっている。

「床のフローリングは桐だ。このテーブルや椅子も部屋にあわせて作ってもらったものだから、ここに置いていく。書棚はもちろん、中身も置いていくことになってる。ラグは捨てようかと思ってた古いものだから、趣味にあわなければ捨てていい」

リビングには書棚がひとつ。本はこれだけなのかと思ったが——つづけて隣の部屋を見ると、そちらは壁二面が上まで本棚だった。

「こっちを仕事場として使っていた。仕事机と椅子は身体にあわせたものだから、ここから持ちだして、自宅で使っている。だからきみがここで仕事をする場合、あらためて仕事用のデスクを買わないとならないと思う」

「いまうちで使ってるものを持ってきます」

一点物のオーダーメイド家具とおぼしきものが揃《そろ》えられたこの部屋に、秀真の、量販店で購入した安い組み立てデスクを持ってくると、釣り合いがとれなさそうだが仕方ない。

「寝室はこっち。ベッドを入れるときにベランダから運んだんだ。大きすぎてね。また持ち出すとしたら大騒動になりそうだから置いていく。申し訳ないが、これで寝てくれ。あ、そうだ。実際にきみが引っ越してくるときはまだ下ろしていないシーツに取り替えておこうか？」

ダブルベッドがでんと置いてある。ホテルの部屋みたいな、主張のない白のカバーがかけられていた。

「シーツは自分でも用意できます。大丈夫です」

あちこちのドアを開け放して、秀真を案内する。

「洗面台。排水は工事し直している。バスタブはあとからつけた」

男ひとり暮らしでこれはと思うような、猫足で金縁のバスタブだった。洗面台はちいさめの古いもの。けれど鏡が縦長でかなり大きい。

古めの映画に出てくるようなバスルームだ。しかもホラーもしくはサスペンス系の。どこで見たかも定かではない、湯水に血が混じって排水溝へと流れていく映像が脳裏を過《よ》ぎる。

「誰かが手首を切って倒れてそうなバスタブだと言われたことがある」

秀真の心の声を聞いているみたいなタイミングで仙川が補足する。

本当は貸したくないのではと思わせるような台詞をときどき混ぜ込んでのセールストークだ。

「風情がありますよね」

そう切り返し、またリビングに戻る。

覚悟して見たが、言うほどの埃もなく、それに充分に整頓されている。家具はあっても小物がないからそう見えているだけだろうか。本棚はあるが食器棚はない。鍋《なべ》や食器のない台所のシンクはピカピカだ。綺麗に掃除したからではなく、仙川は、端《はな》からここでは料理などしていないのだろう。

「こんなところだが、どうだろう」

「お借りしたいです。——売りに出す予定はないんですよね?」

貸してもらうことになって住みはじめてから「やっぱり売ることにしたから出ていって」と言われてしまうと困る。

「……売るには、ふんぎりがつかないから」

「え？」

どういう意味かと聞こうとしたところで——謎の子どもの声とおどろおどろしいメロディが聞こえてくる。呪文《じゅもん》めいた言葉を細く高い子どもの声でつぶやいている。ホラーだ。ぎょっとして飛び上がったら、仙川が笑った。

「悪い。携帯。——俺の趣味じゃない。友だちに変えられたきり、直してなくてね」

仙川の携帯の着信らしい。

取りだした携帯電話が仙川の手のなかで生き物みたいにぶるぶると震える。携帯のフリップを開いたところで音が途切れる。

「だいたい着信の音を変えるなんていう発想もなかった。最初に買ったときのままにしていたら、友だちが勝手に着信音をいじりまわして……」

仙川が言い訳のように、つづけて、携帯をチェックする。

スマホではなく、ガラケーなことが意外だった。

「なに？　妙な顔して」

気持ちがそのまま表情に出ていたらしい。問いかけられて、照れ笑い混じりで答える。

「いや。ガラケーなんだなあって。俺もそうなんです。スマホに移行しそびれてる」

情けないが秀真は携帯の機能がよくわからない。買ったときにあまりにも分厚い使用説明書を見て、うんざりして挫折《ざせつ》し、以降、決まったボタンしか押さずに過ごしている。つい最近やっとアラームを設定する方法を知ったぐらいだ。それも姉の子ども――小学一年生に教えられて、どうにか使えるようになった。

これに関しては、姉に、老人及び子ども向けの簡易機能しかない携帯にかえたほうがいいよと、かわいそうな生き物を見る目で言われたばかりだ。若者なのに情けないと笑われて「PCメールがメインだからいいんだよ」と言い返してはみたものの、たしかに、若いのに取り残されちゃっている感はある。

たぶん最大のポイントは、メールや電話をやりとりする友人がいないことなのだ。いないから、使わない。使わないから、慣れない。

「きみも？　そろそろ移行しとかないと時代に取り残される」

「そうなんです。でもいっそ取り残されたまま、ひとりだけで石器時代の恐竜みたいに過ごすのも悪くないかなといま開き直ってて」

「恐竜？　死んだらいつか化石になってどこかで展示されるな」

仙川が苦笑して、携帯を掲げた。

「ついでにメアド交換しよう。俺がここに置いてある本のなかの、なにかを必要になって取りに来たりするときに、事前にきみに何日の何時にいっていいかって聞けるように。合鍵も含めて渡すつもりだから、きみがここに完全に越してきたら、俺も自由に本を取りに戻るわけにもいかなくなるし」

「あ……そうですね。でも」

「赤外線で交換したらすぐだ」

仙川が携帯を操作する。ぼんやりとそれを見ていた秀真は、うながされて急いで鞄《かばん》のなかから携帯を取りだし――固まった。

「すみません。わかりません。赤外線なんて使ったことないんで」

仙川は「貸してごらん」と秀真の携帯を取り上げて、あちこち触りはじめた。自分のものなのに使用方法がおぼつかないのが恥ずかしい。所在なくぼんやりと突っ立っているのが間抜けだと思う。

「ええとね、もうちょっと待っていて」

高い位置でボタンを操作してから、

「これでいいかな。ここを押して」

と、差しだされた。

見たことのない画面が出ている。

「俺のアドレス、そちらに入ってるよね。こっちは……あ、きみはプロフィールが無記名なんだ。きみは、これだね」

言われて確認する。仙川の名前が秀真の携帯アドレスのデータに入っている。仙川が差しだしてきた携帯の画面には、秀真の電話番号とメールアドレス。名前欄は、ＮＯ　ＮＡＭＥ。誰でもない人型のシルエットとＮＯ　ＮＡＭＥ。

「俺です」

そう返して――ふと、思う。

誰でもない、自分。何者でもない自分。ＮＯ　ＮＡＭＥ。誰かと携帯のアドレスのやり取りをいままでしたことがない友だちの少ない自分。この携帯を買ってから、新しい知りあいが増えていない自分。プロフィールに自分の名前を記載することもなく、名無しとして仙川の携帯にデータを送り込まれた自分。

秀真の携帯のなかに「仙川月久」は、フルネームで送り込まれてきた。名乗るだけの自分を持つ者として、堂々と。

――そういう話じゃないんだろうけど。

「あとで契約書に印鑑をくれ。不動産会社のほうに細かいところはまかせているので、契約についてはそちらで頼む。不動産会社から連絡してもらうよ。引っ越しはきみの都合のいいときに、いつでも。ただ、引っ越す前日にでもメールをもらえるとありがたいな」

仙川の話を聞きながら、秀真の胸がチクリと痛んだ。

そして結局――秀真の用意したクリーニング代は、賃貸の手付け金の一部として仙川に渡されたのだった。

その日、寝る前に、秀真は、愛について考えてみた。

仙川に「イタタタ」という顔されてしまった『愛』について。

翻訳ものでよくまわってくるのがロマンス小説だ。米国版の原本はやたらに分厚いのに、日本の翻訳版の枚数はその三分の一にしてくれないと出せないなんてことも多い。無理に切ったり張ったりして、辻褄《つじつま》をあわせて、本来よりずっと急ぎ足のロマンスへと超訳する。

結果、秀真は体感した。

ラブシーンはいくつか削っても、愛は、まとまる。

もちろんどうしても削れないシーンはあるが、それは性愛がつまったホットなラブシーンではなく、喧嘩《けんか》をしていたり、ただふたりで散歩をしていたりするシーンだ。その部分を削ると、どれだけ作中で愛を語っていても、なんでふたりが愛しあったのかがまったく見えてこないことが多い。

小説のなかでは。

「でも、ホットなシーンを削りすぎるから、おまえはだめだって言われて、ハーレクイン系の仕事回ってこなくなったんだよな」

ひとりごと。

いままでは、師匠で、著名な翻訳家である青山文子《あおやまふみこ》の下翻訳としての作業がメインだった。そこからひとり立ちしたいと願って、他の業種含めていろいろな方向へと目を向けている最中である。

秀真は恋愛ものの翻訳が下手だと青山に嘆息されている。女心がわからないにもほどがあるらしい。だからハーレクインの仕事はもうやめたほうがいい、と。

ロマンス小説の翻訳がもっと回ってきたら、もう少し、金銭的に余裕ができるのだが。

秀真は、女心についても、愛についても、よくわからない。

そんなことを考えていたら、自動的に、別れた直前の恋人とのさんざんな記憶が蘇《よみがえ》ってきた。

ある夜——嫌なことがあって恋人の顔を見たくなって慰めて欲しくて連絡もなしに部屋にいったら、恋人は違う相手と寝ていた。

それを見て怒った秀真に、恋人が冷笑して告げた。

『もうナンパしてから半年だぜ？　おまえあんまりテクないし、飽きても仕方ないよ。十代なら可愛い子ぶっててもいいけど、その年で、いつまで、もったいぶってんだよって話でさ。下手なのは致命的。だいたい、やること前提での出会いだろ。ゲイバーでのナンパなんだからさ』

恋人の台詞がぐさぐさと胸に刺さる。

性的技巧で振られるなんて。

本来、秀真が怒るべき対象は交際相手のはずだ。

なのに頭に血が上ったそのときは、浮気相手のほうに秀真の怒りが集中した。

浮気相手につかみかかった秀真を引き剝《は》がし、恋人が秀真に言い放った。

『出てけよ』

つきあっているはずの秀真が、部屋を追いだされた。

その翌日には恋人に呼びだされ、きっぱりと別れを告げられた。

鍵を返すと『ストーカーとかしないでくれよ』と蔑《さげす》むように言われた。

その記憶は秀真のなかでは、愛というくくりではなく、傷でしかない。

初恋からずっと、好きになった男に告白すらできないでいた。熱情にかられるような恋愛ではなくて「このあたりでいいかもな」という程度の相手と、つきあってきたしっぺ返しがそれかと、悲しくなった。

なにが悲しいって、プライドだけはいつまでも傷を膿《う》んでいるのに、気持ちのほうは、すっと冷えて固まってしまったことだった。秀真は、つきあっていた恋人のことを「愛して」はいなかったのだ。好意はあった。でもそれは「好きで好きで大好きでその人のことを思うだけで幸福で眠れなくなって」というような強いものではない。

そんな自分が、つまらないと思った。

——愛について、か。

もしかしたらこの世界には物語に出てくるような劇的な愛が隠れているのかとも思った。

同時に、二十八歳になってそんなことを妄想する自分が気持ち悪いとも、思った。

秀真が愛についてなにを考えているのかを聞きたいと、とりなすように言った仙川は、では、愛についてなにを知っているだろう。いろいろと知っていそうな気がする。経験豊富な男だろうから。

愛についてなんてどうだっていいや。いまはもっと切実に、食べていくための金と仕事が大切だから。

学生時代の暢気さを延長させての実家暮らし。好きな仕事をやりたいんだという夢がある。しかしその夢の背後には「これでいいのか」「食べていけるか」という不安感が常に低い音でリズムを刻んで鳴り響く。聞いているうちに耳が慣れて、流れていることすら忘れてしまうベースの音みたいに。

秀真は嘆息し、突っ伏した。

2

一週間後——。

秀真は無事に西荻窪の仙川のマンションに引っ越した。引っ越しには仙川も立ち会った。ガスや水道の支払い手続きの変更について用紙を渡すついでがあるからだと言われた。

冷蔵庫やテレビなどの家電含め、家具のほとんどをそのまま借りられるため、秀真が持ってきたのは衣服などの身の回りのものとＰＣとＰＣデスクだけだった。ＰＣ関係は宅配便で発送し、着替えの詰まったトランクをガラガラと引っ張って電車を乗り継いで来たら、仙川が先に待っていた。

「おはようございます。お時間作っていただいてありがとうございます」

と言った秀真の視線は仙川の手元に釘づけだ。

——なんでこの人、鍋持ってるの？

「うちであまってたから、持ってきた。ここの台所には食器どころか鍋もフライパンもないから」

「……そうですか。って、俺に？　や、ちょっとそれは」

秀真のために鍋持参？

「気にするな。車だし、持ち運びには困らない」

気にするなと断言されても……。

かといって「絶対にいらないです」と言うようなことでもないのだ。実際に鍋は持っていないのだし、もらえるのならありがたい。

「すみません。助かります。ありがとうございます」

わざわざ立ち会ってくれたことにも頭を下げ、仙川に背を向けて、鍵を取りだして、差し入れる。

最初のときと同じに、引っかかってうまく回らない。

別に焦るようなことではないのに、背後で仙川が見ているのだと思うと、手のひらにじんわりと汗が滲《にじ》んできた。

一回深く入れてから——どうだったっけ。

アドバイスされたことを思いだし、鍵を開けるコツを、口のなかで小声で確認する。

——開いた。

カチリと手応えがして、全身から力が抜ける。

たかが鍵を開けるだけでどれだけ緊張しているんだ。

「どうぞ」

無駄に誇らしげな声が出てしまい、少し焦る。鍵が開いたというだけで威張ってどうする。

仙川は秀真の内心の動揺と安堵《あんど》を嗅ぎとったのか、ちらりと口の端に笑みを刻んでいる。

恥ずかしい……。

取り繕って、なんということのない顔をして、ドアを開けて仙川を招き入れる。荷物を床に置くと、仙川が鍋と一緒に持っていた紙袋をふたつ差しだした。

「引っ越し蕎麦《そば》」

「え」

「あとこっちはケーキ。もらいものだけど、俺は食べないので食べてくれ。つきあいのある編集者が、原稿を取りに来るついでに手土産《てみやげ》でくれた」

荷物が多いなとぼんやりと思っていたのに、その荷物がすべて秀真がらみのものだったとは。

甘いものは、嬉《うれ》しい。

「……お茶をお出しするべきでしょうが、まだなにもなくて」

仙川に背を向けて紙袋を下げて、キッチンに向かう。

袋の中身は、生蕎麦と、有名ケーキ店の箱だった。とりあえずケーキの箱を取りだそうとしたら、仙川が秀真の手を止めた。

「俺は甘いもの、苦手なんだ。きみがあとで食べるといい」

「はあ……そうなんですか」

　正直、しょんぼりした。

　蕎麦より、ケーキのほうがいい。でも仙川が食べないと言っているのにその目の前でいただきもののケーキをひとりで食べるのもなあと思う。

「じゃあ蕎麦を茹《ゆ》でます……ね」

　間延びした言い方になったのは、生蕎麦を茹でたことがないからだ。きっと包みに茹で方が書いてあると思って蕎麦を取りだしたら、蕎麦を包んでいた透明のビニールになんの印刷もなく、紙も入っていない。

「来たついでに、本を一冊、読んでいっていいかな。ちょうど仕事に使いたいのがあって」

　仙川が言い、秀真は「どうぞ」と愛想よく応じる。

「この蕎麦はどこの蕎麦なんですか？」

「うちの大学の教授で蕎麦打ちが趣味の人がいて、その人からもらった」

「手作り。すごい」

　秀真は台所に立ち、鍋に水を張る。

「ああ、ちょっと水を一杯飲ませてくれ」

「はい」

　仙川に蛇口を明け渡し、秀真は鍋に張った水のなかに蕎麦を入れた。そしてコンロに置き、火をつける。茹でるというのだから、これでいいだろう。

「あ」

仙川がちいさくつぶやいた。

「え?」

秀真は仙川を振り向いて、聞き返した。まずいことをしたのだろうか。

仙川が秀真を軽く押しのけて、コンロの火を消す。

「いいよ。俺がやる。きみはいままで自炊したことないみたいだな」

「……はい」

「情けない顔してると、せっかくの命の恩人が台無しだ」

くすっと笑って告げる。またもや「命の恩人」だ。いつまでその言い方を引っ張るつもりなのか。

コンロの前の場所を交替し、秀真は居心地悪く傍らに立ちつくす。仙川を置いてソファに座るわけにもいかない。

「命の恩人は、犬っぽいな」

「はあ」

背丈の差があって、どうしても並んで仙川を見るとき、秀真は上目遣いになる。

仙川が手早く、すべてをやり直していく。「ざるは…ないよな」と言いながら蕎麦を取りだし、新たに鍋に水を張った。鍋の湯が沸騰するまで、ふたりで並んでコンロ前に陣取っていた。

「そういえば『あい』については、どうなった？」

仙川が聞いてきた。

最初、どの「あい」かがわからなかった。愛。I。面接で話していたのは「I」。

「……私という一人称で訳してみてます。でも、出るあてはないんですけどね。おもしろい本なんで翻訳して出してもらいたいっていくつか編集者さんに持ちかけてるんですが、良作だけど地味だからって二の足踏まれてます」

「翻訳の仕事は楽しい？」

なんでそんなこと聞くんだと、思う。面接みたいな質問だ。

苦笑してから、考え込む。

「楽しかったり、苦しかったりします」

「苦しいって？」

湯が沸騰し、仙川が生蕎麦をばらけて入れる。そうか。蕎麦を水から入れてはいけなかったのか。学習した。

「なんだろうな。理想と現実？　やりたいことと、できることの間でうろついている感じ？」

そこで、言葉が止まった。

「どうした？」

「愚痴になるからやめます」

カップに汲《く》んだ水を、くつくつと湯の沸いた鍋に差し入れながら、仙川が秀真の話の続きを待っている。

「……命の恩人は愚痴を人に言うのは嫌いなのか」

小馬鹿にされているようで、むっとした。

「それ、やめてください」

「なにが?」

「命の恩人。だって俺、仙川さんの命、救ってなんてないでしょう。ただ押し倒して、服を汚して迷惑かけただけじゃないですか。あ……スーツとあとコートのクリーニング代払いますよ」

「クリーニング代にこだわるな」

「こだわってるんじゃなくて……」

会話がうまく嚙《か》み合っていない。

「でもね、実際に俺は死のうとはしなくても、あれはすごい行為だと思ったんだよ。死のうと決めた人のことを引き戻そうなんて、俺にはできないから。まして見ず知らずの相手なら、なおさら。だから命の恩人だなあって思ってるよ。咄嗟に、助けようとできるっていうのは、俺にとってはスーパーマン並みに英雄の行為だった」

淡々と言う仙川の横顔を見上げる。

妙に実感がこもっているような気がしたのだ。心につかえたものがあって、それを吐露しているかのような重たい感じを受けた。

鍋の湯と蕎麦を凝視する仙川の目つきが、物思うように暗い。

ふいに脳裏に浮かんだのは、あの夜の仙川の様子だった。

秀真の頬に触れた指の感触と「泣いているのか」と尋ねた声のトーン。

――わ。

トクンと、胸が、鳴った。

あのときの仙川は、色っぽかった。

意識せずにはいられないから、目を逸らす。平常心平常心と自分に言ってきかせて、深呼吸する。

逸らした視線の先で、鍋の底からふつふつとあぶくが浮いてくる。仙川が箸《はし》で、まとまった蕎麦をゆらゆらと揺らす。湯気が仙川の手元をほわりと包んだ。

湯気の気配は、懐かしく、あたたかい。

横に立つ人に、自然と好意を抱かせるような、郷愁を感じさせる温《ぬく》もりだ。

「キッチンで隣に誰かが立ってるの、久しぶりだな」

ぽつりと仙川が言う。

「この部屋で、よくこうやってご飯作ったりしたんですか？　仙川さん、俺よりはずっと家事に慣れてるんですね。意外だな」

ピカピカのシンクからして、調理は一切やらない人なんだと思っていたのに。

「……あ、蕎麦、そろそろいいな」

仙川が、つぶやいた。話題を逸らそうとしたわけではなかったのかもしれないが——問いかけに返答もなく、会話をちぎり捨てられたみたいな気がした。仙川が自分から話しだしたことなのに。

「ざるを持ってくるのを忘れたから、水洗いをどうしようか」

けれどそれは秀真のうがち過ぎかもしれない。仙川は慌てたように、まわりを見回しているし——本当にただ蕎麦の状態をだけ気にかけているのかもしれない。

火を消した仙川に倣うように、秀真もシンクまわりを見回す。

もちろん茹でた蕎麦をあげるざるなんてない。

「すみません。ざるがなくて……」

この世の一大事みたいな暗い声が出た。

仙川が噴きだし、つられて秀真も噴く。我ながら、沈んだ声すぎた。たかが、ざるなのに、人生エンドです的な声音だった。

——笑い声、気持ちいい。

低音のおだやかな声だ。秀真の言動を笑っているのに、あざ笑われている気配は微塵《みじん》もない。鍋の湯のあぶくと同じに、ずっと熱せられた笑いの源が、泡になって表面に浮いてきたみたいな、自然なおかしみだった。

仙川の声が心地いいと感じて、胸が疼《うず》く。

仙川が火を止めて鍋を持とうとしたのを押しのけて「せめてこれぐらいは」と鍋の取っ手をつかんだら――思いの外熱くて、握った途端、指を離した。

「わ。あつ」

「火傷《やけど》したときは耳たぶ触るといいんだよ。もしくはすぐに流水で冷やして……」

すぐ横で冷静に言う仙川の台詞に顔を上げる。

視線を上げると秀真のすぐそこに仙川の耳が、ある。

耳、だ。他人の耳なんて、普通、そんなにじっくり見ない。

貝殻みたいな、耳殻の形。滑らかな丸みを帯びた耳朶の形が、華奢な作り物のように見えた。

――綺麗。

耳なんて、綺麗とか、整ってるとか思って見る箇所じゃないのに、そう感じた。腹の内側が熱くなり、触れてみたいという衝動にかられる。

仙川の、あの耳朶に、触れたい。

だから指をのばし、耳に触れて、耳たぶを軽くつまむ。

ひんやりとしている。そして、柔らかい。つるりとした感触が、無防備だ。

仙川が目を丸くして秀真を見下ろしてから、また、噴きだした。

「普通、自分の耳たぶに触るだろう。きみは天然だな」

「あ」

ざーっと頭から血の気が引いていく。一般知識にうといのは自覚していたけれど、いまのこれはかなりの奇行かも。

「貸して。鍋の取っ手ぐらいじゃ、火傷まではしてないだろう」

仙川は秀真の手首をつかんで、自分の耳から放し、蛇口を捻る。流れた水に秀真の指先をさらす。冷たい水にさらされて、指の腹がじんと痺れた。

「味の保証はしない」

笑い止《や》んだ仙川は秀真から離れ、鍋を持ち上げる。「どけて」と言われ、身体をずらすと、鍋をシンクにおろしてなかの湯を捨てた。そのまま水を入れて麺《めん》を何度か洗う。

「鍋を持ってきて、薬味とつゆまで買ってきたのに、ざるは忘れたなあ」

「すみません」

「なんできみが謝るの？」

なんだかぬめっとした蕎麦ができて――残念な味になった蕎麦なのに、それを向かい合わせで啜《すす》ってるあいだもまだ、仙川の頬は緩んだままだった。

「もう本当に本当にすみません。俺、わりと生活全般においてだめなんです。知っておくべきことをあまり知らないから」

「そういう人に限って、知らなくていいことを知ってて博学だったりするんだよな」

仙川は、秀真の饒舌《じょうぜつ》さをさらりと受け流してくれている。

ちいさくなりながら蕎麦を食べる。沈黙で過ごすと、恥がさらに重なって上塗りになるような気がして、とにかく口を開きつづけた。

「絶対にそれはないです。博学ってのは仙川さんみたいな人のことでしょ。准教授だし——それにこのあいだ、クイズ番組に出てるの観ました。一問だけ外したけど、あとはみんな当てていて……」

「クイズ番組なんて観るんだ。もしかしてテレビっ子？」

「たまたまつけたら、出てたから」

たまたまつけたなんて、嘘だ。仙川を知ってから、なんとなく意識して、仙川が登場する番組を観るようになってしまった。知っている人が出ていると、テレビの見方が変わる。

クイズ番組のゲストで出ていた仙川は、お笑い芸人にいじられても表情を変えずに澄ましていた。しっかりとして、お堅い、経済学の准教授の顔でクイズに答えていた。

テレビに出ていた仙川は、お腹があたたかくなるような笑い方をする男には見えなかった。

「あれ、やらせだから。事前に答え教えられてた」

「え、やっぱりそういうのアリなんですか？」

クイズの答えを出場者たちが教えてもらっているのだという噂は聞いたことがある。

「なんて、嘘。ちゃんと自分で考えました」

「なんだ……」

「そんな残念そうな顔しない。きみはなにもかも顔に出て、すごいなあ」

「すごいって、どういう意味ですか」

「飽きないし、ホッとする。正直とか素直って、そのへんの空気を美味しいものにするよな。俺、学者たちのプライド高き象牙の塔と、芸能界という、大人の策略に満ちた世界を行き来して疲れてるから、きみといるとマイナスイオン浴びてる感じがする」

「それ……褒められてるのか、馬鹿にされてるのか微妙なんですけど」

「半々」

「……半々ですか。あんまり嬉しくない」

仙川が、おもしろくてたまらないような顔をして、秀真を見返して笑った。

蕎麦を食べ終えた仙川が、本を一冊引き抜いて去っていった。

仙川の本の感想について話しかけると、あまり返事がかえってこないので、仕事の話は苦手らしいと見当づける。学者たちのプライド高き象牙の塔なんて言っていたし、いろいろあるのだろう。

秀真ですら、仕事についてはあれこれ思い悩んで苦しんでいる。

——結局、仙川さんはハンバーグ食べたのかな。

仙川が部屋を出てから、思いだした。でも「ハンバーグの歌をうたってましたよね」とは言えない。だいたいそれどころじゃない。秀真はいま仙川のなかでは、仙川の耳たぶをつかんだ男としてインプットされている。勘違いして道ばたで押し倒した男としてもインプットされている。

絶対に仙川は秀真のことを馬鹿もしくは変態だと思っている。

思っているはずだ。

マイナスイオンなんてうまいことを言われたけれど、それも「半々」とごまかされた。半分は褒め言葉で残り半分は変態扱いになっている気がする。

「……もうやだ。もう俺かっこわるいし、ああああああ」

頭を抱えてのたうっているうちに、食器洗いの洗剤もスポンジもないということを思いだした。机に押しつけていた額を上げて、空中を見つめる。

恥ずかしい行いをしようがしまいが、時間はどんどん過ぎていく。生きていくためには、調理したり食べたり食器を洗ったりしなくてはならない。仕事して生活して日常をこなし——嫌なことも失敗も心の奥にぐっと押し込めて見ないふりをする。

たくさん詰め込んだ引きだしの中身と同じだ。恥をかいた記憶も、心や頭のなかに他のものを詰めていったら、奥に追いやられて見えなくなる。パッと見たときに、見えなくなってしまえば、なかったことと同じ。

「逃避だけど」

口に出して、自身に突っ込む。秀真だとて、決してそれを良しとしているわけではないのだ。逃避だとわかって、そうしている。

だって秀真は強くない。弱くて打たれると負けてしまう質《たち》だから、自分のだめなときの記憶や、できなかったことを直視しない。心が折れるから。

「……そうだ、本屋、ここの近所にあった。あそこにもいこう」

ついでにこのすぐ近所の古書店も訪ねようと、のろのろと立ち上がり、秀真は、付近の散策に出ることにした。


仕事の関係で、秀真は、都内の図書館と古書店のあちこちを歩きまわっている。使いやすいと思った場所にはつづいて何度も足を運ぶのが常だった。

西荻窪にある広瀬川《ひろせがわ》書店も、馴染みの古書店のひとつだ。

ガラス戸を押し開けると、店奥のレジに座った男が顔を上げる。

店主の広瀬川宗人《むねと》だ。

よく見ると怖い顔をしている。五分刈りの坊主頭に、切れ長の一重まぶた。武闘家もしくは暴力団関係かといった容貌で、凄《すご》みがある。

こういう強面《こわもて》の店主がいると、書店ではよくあるという万引きもなさそうだ。

最初にここで買った本は、個人的な興味を惹かれて手に取った、「古事記《こじき》」の解説本だった。それは著名な研究者の初版だったため「たぶんこれは持っていたらあとで高く売れるよ」という解説付きで手渡された。そんなことを言われたのははじめてだったので、なんだか気になって、この近所に来たときは、たまに店を覗くようになっていた。

探している本の内容を伝えると「それだったら、こういうのがあるよ」と、棚や、あるいは店の奥からひょいと数冊手に持ってきて差しだしてくれる。秀真が古書の好事家ではないことがわかっても、態度を変えることもなく、かえって前より優しく接してくれた。

顔を覚えてくれはしたが、かといって買うようにと押しつけてくることはなかった。秀真の態度から察して、なにかを買おうと決めているときや、欲しい本が定まっているときにのみ話しかけてくれるようなところが広瀬川にはあった。だから、秀真も、安心して、探し物があるときに通ってくることができた。

「いらっしゃい。今日はなにか探しものかい？」

広瀬川はたいていレジのところでなにかしら本を読んでいる。今日もそうだった。ぱたりと本を閉じて言う。

——探してる顔してるのかな。

今回は目当ての本があるわけじゃない。いつも超能力者みたいに秀真の内面を嗅ぎあてて話しかけてくる広瀬川なのに、今日は「ハズレ」だ。

「なにってこともないんです。でもこの近所に引っ越してきたので、仕事の空きができたから寄ってみようかなと思って来ました」

「へえ。西荻に来たんだ」

レジ台に腕をつき、身を乗りだして、言う。

「そうなんです。この年にしてはじめてのひとり暮らしです。こちらにも前より来やすくなったので、よろしくお願いします」

ぺこりと頭を下げると、広瀬川がとまどった顔をしてから「ご丁寧な挨拶をありがとうございます」と返して寄越す。

「そうですか」

「古本屋に今度近所に引っ越してきたからよろしくって挨拶してくる人、はじめてだな」

「便宜はかれないしね。馴染みだからオマケにもう一冊つけときますよなんて、同じ本二冊押し付けられてもやだろ？」

「そりゃあ、まあ」

「ひとり暮らしはじめてってのは、大変かもな。コンビニ飯はすぐ飽きる。ひとり暮らしにちょうどいい量のスーパーがいまいちないんだよね。安い店だと量が多いし」

「そうなんですか」

うなずいてみたものの、とんと見当がつかない。多いも少ないもわからない。秀真は、蕎麦ですら茹でられない男なのだ。

「そのぶん、美味しい店はあちこちにあるよ。旨《うま》い焼き鳥屋に居酒屋、ラーメン屋にハンバーグの旨いレトロな喫茶店……」

「ハンバーグ？」

そこに反応したのは、仙川の鼻歌が頭のすみに居座っているからだ。

「ハンバーグ好きなのか？　じゃあとっときの店教えてやるよ。見た目は普通の喫茶店だから、飯食うためには選ばないと思うんだよな。ところがその喫茶店でいちばん旨いメニューはハンバーグなんだよな。あとオムライスも。ちょっと駅から遠いのが難点だ。でも近所に住んでるなら、この程度の距離はいいよな」

待ってろと言い、メモ用紙に件の喫茶店への地図を書いた。

「今日は定休日だからいったらだめだ。あとハンバーグが目当てなら夕方前にいくこと。ランチで出すことが多くて、夜のメニューから下げてる日がたまにある。気まぐれなんだよ」

「ありがとうございます」

メモをもらって二つに折って財布に入れると、広瀬川がつづけた。

「広瀬川書店に言われて来たって言ったら、オマケつけてくれるから、言うといい」

教えてもらったお礼というわけではないけれど、秀真は、広瀬川書店の棚で「はじめての和食」と「はじめての洋食」という調理本を購入した。

――そうか。意識しなかったけれど、気持ちとしては「なにかを探して」たのかも。

メモと本をしっかりと手にして店を出た秀真は、広瀬川の超能力の確かさに、舌をまいたのだった。

というわけで――秀真は、翌日には教えられた喫茶店を探しに出た。

買った調理本をじっくり眺め「うん。できそうな気がする」と思ったものの、調味料がなかったのだ。包丁にフライパンに調味料に具材と、必要なもののほとんどがない。

教えられた美味しいハンバーグを食べてから、当面必要なものを買って帰ろうと、家を出る。

店は、駅から二十分ほど歩いた角地に建っているビルの地下一階だ。特にランチの案内を出してるわけでもない。ここが美味しいよと言われなければ絶対に入らないだろう喫茶店である。

カラリとドアを開けると、店内は薄暗い。

思ったより縦長に広い店の奥から「いらっしゃいませ」という声が聞こえ――手前のテーブルに座っていた男が顔を上げた。

「……仙川さん」

「あれ？」

眼鏡をかけた仙川月久が、メニューを広げて座っていた。

こんにちはと会釈して立ち止まった秀真を見て、やって来た店員が「お連れさんですか」と問いかける。返事もしないうちに仙川の座るテーブルに秀真の分の水の入ったグラスを置いた。

これでは、ここに座らざるを得ない。けれど仙川がひとりで食べたいなら邪魔をしてはいけない。そんなに親しいわけではないのだと、判断できずに困惑する。

「――座ったら」

と、仙川が顎《あご》で自分の前の席を指し示して笑った。

「すごいな。起こり得るすべての数を分母に、事象Aを分子にした数学的確率として――きみと俺がこの喫茶店で出会う確率はいくらになるんだろうな。西荻窪の喫茶店を仮に三十軒として、三十分の一。俺が西荻窪の喫茶店に入るのは年に一回ぐらいだし三百六十五分の一。三十分の一かける三百六十五分の一の出会いにようこそ」

理屈っぽくてよくわからない。

「よくいく書店の人に、ここのハンバーグが美味しいと聞いたんです」

難しい話は、さらっと流して座る。

メニューを見る必要もなく気持ちはハンバーグに向いている。

仙川の顔をまともに見返せないのは——耳朶つまみ事件による後遺症だ。

「俺も。昨日、きみのところから出てすぐにここに来たら休みだったから、悔しくてどうしてもハンバーグが食べたくて今日意地になって来たんだよ。ランチが狙い目だって言われて……もしかして、その書店て」

怪訝《けげん》そうに首を傾げた仙川に「広瀬川書店さんです」と応じる。

「へえ。一気にここの店での出会いの確率が上がったな。広瀬川は俺の学生時代からの親友。共通の知人がいるなら、同じ店に来てもおかしくないか」

仙川は広瀬川と知り合いだったのか。

同じハンバーグ屋に来る偶然より、そちらの偶然のほうが確率が低い気がした。なんの接点もなかった仙川と秀真なのに、知り合ってから、互いに共通の知人がいることが発覚するなんて。

「でも、もしかしたら、俺たち、出会うべき運命だったのかもね」

仙川が笑って、言う。

「……あ」

——ちょっとだけ、そう思った。

偶然が偶然を呼んでいくこの展開が、運命的な気がした。

「なんていうのはごまかしで——最初の出会いは偶然としても、その後は名刺を持ってやって来て、たまたま部屋が借りたかったところに俺が賃貸を出していて——あとはずるずると起こり得るすべての数の分母が減少していくがゆえに、俺たちはここにいる」

「すみません。仙川さん、よくわかりません」

とはいえ「運命」とか「奇跡」とかいうキラキラした考えを否定されたのは、わかった。なんだかがっかりだ。ロマンティックに想像できる部分を理屈でスパッと切られて数値化されると、妄想がガラガラと崩れていく。

——って、なんの妄想してたんだよ、俺。

オーダーを取りにきた店員に「ハンバーグを」と、仙川が言う。秀真も「俺もハンバーグセットを」とつづける。

「そうだ。広瀬川書店にここが美味しいって言われて来たんです」

店員に仙川が言う。店員がパチクリと瞬きをした。

「あ、そうなんですか」

そういえば広瀬川の名前を出したらオマケがつくと言っていた。仙川のあとで同じことを言うのもなんだしと黙っていたら、仙川が「この人も広瀬川に言われてきたからオマケよろしく」と、ちゃっかりとつづける。

仙川の気さくさは、著作物やたまに見るテレビのイメージとはかけ離れている。

「仙川さん、ハンバーグが好きなんですか？」

ちらりと顔を見て、ばつが悪くなって斜め下へと視線を逸らす。逸らしてから、こういうのは感じ悪いよなとまた視線を仙川に向ける。

完全に、挙動不審だ。

――だめだ。もう開き直ろう。

さくっと心に決めて、仙川を見返す。だいたい仙川は秀真が気にしているほど、昨日のことを引きずってなんていなさそうだ。たいていの失敗は、当人にとってのみ傷になる。他人の失敗をいつまでも覚えているのは、性格の悪い奴だけ。

と、心に言い聞かせる。

仙川はきっといい人。だから秀真の間違いなんて気にしてない、はず。

「まあね。ハンバーグとカレーは鉄板だよな。このふたつは間違いないから」

「間違いのある料理ってなんですか」

笑ってしまった。

「美味しくないものは間違ってる料理だよ。で、広瀬川の店って前からいってるの？　言われてみれば、野津くんは翻訳家だから広瀬川書店の常連でもおかしかないのか。あいつんとこの本はマニアックだもんな。神保町《じんぼうちょう》までいかずとも手に入れられるから、俺もけっこう助かってる」

「そうですね。あれ、こんな本がっていうのが、ありますよね。翻訳してて専門知識が必要になったときの資料探しを前に手伝っていただきました。歴史ものの翻訳のときにはとくにお世話になりました」

「そうそう。必要な本を探してくれる手腕は、どこの図書館司書よりすごいよな。あいつがいるから、こっちにずっと仕事場置いてたんだよ。大学の図書館より、あいつ相手のほうが文句を言いやすいしさ」

職場である大学と仕事場が離れているのはどうしてかと思っていたが、そんな理由だったのか。

「いまのお住まいも、やっぱり品揃えのいい書店の側だったりするんでしょうか?」

仙川の顔が一瞬だけ、強ばった。

「うん? いまの住まいは寝に帰るだけだから。ライフスタイルを変えようと思ってね。仕事はできるだけ大学でやって、家ではのんびりしたい」

仙川が少しうつむいて、眼鏡のフレームを指で押さえた。光の加減か、目元に暗い翳《かげ》りが過ぎったように見える。

「――そういえば、実はあの書店でいちばんすごい品揃えなのはホラーとかオカルトものだって知ってた?」

けれどすぐに仙川は顔を上げ、含み笑いでそう言ってきた。

「そうなんですか？」

「そう。棚差《たなざ》ししてないけど店の裏に怪奇ものや恐怖ものがざっくりとある。あいついつもレジんとこで読書してるだろ。あれ、たいていホラーもの。あいつんちにいって見せられるＤＶＤもホラーもの」

「……もしかして携帯の着メロ」

自分の趣味じゃないと言っていたおどろおどろしい着信音は、あれは――？

「そう。ああ、覚えてた？」

にっこりと仙川が笑う。

「野津くんが好きなのは、どんなジャンル？　ミステリ小説？」

「ミステリも含めてたいていの小説は好きです。というより、本が好きです。辞書でもいいくらい」

「本が好きっていうのは、他人に貸した本に開き癖をつけられたら怒りだすタイプと、そういうのには無頓着のタイプと二種類いるけど、どっち？」

「そのどちらでもなくて、自分の本に折り癖をつけられても気にしないけれど、他人から借りた本は綺麗にして返さないとと思うタイプです」

ちょっとだけ考えてから答えると、仙川がちらりと歯を見せて笑った。

「俺は折り癖をつけられても頓着しないし、人から借りた本も手荒に扱うので、たまに広瀬川に怒られる。本を借りると返すときにいつも喧嘩になる。殴られたこともある」

「殴る？」

仙川は顔をしかめ、記憶を反芻《はんすう》するように頬のあたりを片手で軽く撫《な》でた。

「いや、殴るは大げさだった。本当は平手で叩かれた。そのへんに本を置いていたら、こういう管理の仕方は許せないって口論になってね。買い物にいったら、迂闊《うかつ》な対応を本に対してしないように気をつけるといい。本を乱暴に引きだしたり、無理に棚に戻したりするような客には、奴はわざと高い値段を言うんだ」

「そうなんですか？」

顔は怖いけれど優しい人だと思っていたがと半信半疑で聞き返す。

「もしかして、広瀬川に世話になってて、まだ叩かれたことも殴られたこともない？」

「ないです」

仙川が「へえ」と感心したようにつぶやく。

「あそこで買い物してて殴られても怒られてもないってのは、きちんとした客なんだな」

「きちんとしてない客ってのがわかりません。普通です」

「きみにとっては普通なんだろうけど……」

秀真にとっての「普通」と、仙川にとっての「普通」が、違うもののように言う。というより、人それぞれの「普通」があるのだろう。

学生時代はガチガチに固められた「普通」に縛りつけられていたが、大人になったいまは「人の数だけ、普通もあるのかな」とうっすらと把握している。

そして――なんだか、つまらない奴だと断じられているような気にもなった。

秀真にとっての「普通」は、きちんとしているということだと言われたような気になった。ちっちゃな自分の器を知っているだけに、スケールがちいさいよなと指摘されたように思えて、しくりとプライドが刺激される。

変わった奴とか、天然と思われるのは嫌だが――普通すぎると思われるのも嫌だ。

どっちなんだよと内心で自分に突っ込みを入れる。

「そうだ。マンション、不具合はないかな。困ったことがあったら言って。あそこは静かだし、物を書くのには環境いいと思うよ。翻訳の仕事も進むんじゃないかな」

「そうですね」

「翻訳家ってのも大変だよね。知り合いに、いるよ。俺の知り合いは、文学部の准教授をしながら翻訳だけど」

仙川の知り合いにも翻訳家がいるのか。文学部の准教授をしながらというなら、きっと小説の翻訳メインなのだろう。

「そうなんですか。俺がいまメインにやってるのって企業文書の翻訳で、それでお金をもらってる量が圧倒的に多いんですよね。小説のほうはあまりツテがなくて」

小説の翻訳がしたいと言っても、そちらで金をもらうのは難しく狭き門なのだ。そういう部分で、准教授で翻訳者という、仙川の知り合いが羨《うらや》ましく思えた。

「もともと翻訳家になりたかったのは小説が好きだから？」

「そうなんです」

「翻訳家も小説家と同じに自由業に分類されるよね。つまりきみは、自由なんだね」

「フリーですね」

自由という言葉は心地よさげだが、不安定さの象徴でもあった。フリーでいいよ気楽だよと言えないのは、秀真の収入の低さゆえ。

苦笑が零れる。

「不安定ですけどね」

だから常に感じていることを口からぽろりと零してしまう。

「不安？」

「そうですね」

あまり込み入った話はしたくないのに——それでも仕事について問われるとポロポロと弱気な台詞が転がりでてしまう。弱ってるなあと、思う。

「そうか。大変だね。でもきっと十年後ぐらいには、あのとき不安だったけど俺はちゃんとやれてるぜって笑ってる」

「なにを根拠に？」

　なにも知らないのに、適当なことを。

「なんとなく」

　しれっと言われ――「なんとなくですか」と脱力する。もっと具体的なことを言われたら励みになったり、あるいは「この立場をわかりもしないで軽く請け負うなよ」と怒ることができたのに。

　かなり半端な言い方だ。

「仙川さんて……テレビで見たり、本からの印象とまったく違いますよね。キリッとした人だと思ってたのに……」

　と口にしてから――つまりこの言い方だと、現実の仙川はきりっとしていないと言い切ったことになる。解釈によっては悪口かもと、はっとする。

「たしかに。ふわふわした男だとよく言われる」

「ふわふわ……ですか」

「でもここぞというときには頼りになる男だよ。いざというときになると使える男を自認している。俺、役に立つ男なんだ」

「はあ、そうですか」

「投げやりな言い方だなあ」

笑われた。

「おまたせしました。どうぞ～」

店員がやって来てふたりぶんのハンバーグランチをテーブルに置いた。脂の熱せられる香ばしい匂いがあたりに漂う。鉄板の上で分厚いハンバーグがジュージューいっている。

「はい。オマケ」

そう言って、店員がふたりのハンバーグの上に旗を立てた。お子さまランチによくついている旗だ。

「え、これが」

「オマケ？」

仙川と顔を見合わせてつぶやくと「ごめん。事前に広瀬川さんの紹介で来るからって予約してくれないとさ、オマケの用意もしてなかったからさ。次は前の日にでも言って」と、かなり理不尽なことを店員が言い放つ。

店員がテーブルから離れると、仙川が、秀真をなんとも言えない顔で見て笑った。

秀真も同じく苦笑で応じる。

ナイフとフォークを手に取って、「いただきます」と互いにハンバーグを切り分けて口に入れ――。

「うまっ」

やはりふたりは同時にそう言葉を発した。

シンプルなハンバーグなのだが、そのぶん、肉の味がぐっと舌に残って「食べている」感が強い。かかっているソースも秀逸だった。

「くそう。変な店だけど旨いな」

「ですね」

小声で話し──うつむいて、もうひとくち切って、食べる。

それから、しばらく話もせずに食べた。美味しいものを、熱いうちに、夢中になって食べながら「旨いな」「ですね」とだけ言い合って──途中でなんだかおかしくなって、うつむいて、笑った。


一度に着替えを持ち運ばなかったため、秀真は、三日後に細々としたものを取りに実家に戻った。いまはまだ勤勉な蟻《あり》みたいに、物資を運び、自分の巣穴を整えている途上だ。

さっと顔を出して、さっと帰りたいのに、実家に戻ると母親と姉と子どもたちに囲まれてしまう。

「ちゃんとご飯食べてるの？」

「普通」

「普通ってなによ」

呆《あき》れる母は、なんだか前より活き活きとしている。四歳と小学校一年の子どもたちが、歩いたり、走ったり、ぺたぺたと這《は》い回ったりしている居間は、秀真の知っている「我が家」じゃない。静かだった家は若い血を取り入れてエネルギッシュになった。めまぐるしくて頭が痛いぐらいだ。

「あ、母さんから聞いたけど、姉ちゃん、来週から働くんだって?」

姉が出戻ってきた事情は、さらっとしか聞いていない。夫の稼ぎが悪かったとか愛人がいたとかそんな感じの話のようだ。だったら慰謝料や子どもの養育費をがばっともらえるのかと口にしたら、姉に、「馬鹿じゃないの」と切って捨てられた。

慰謝料にしろ養育費にしろ「持ってない相手からはもらえないのよ」という説明だった。借金まみれで、もらえるものは、自分が生んだ可愛い子どもたちだけだと、姉は豪快に笑っていた。

「昔働いてた会社が、パートで取ってくれるって言ったから。パートっていっても健保厚生ありだから、いいかなって。子どもにも金かかるし、うちにもお金いれないとならないし——頑張らないと」

「あんまり無理しなくていいのよ。だいたい秀真だってたいしてうちに入れてなかったし。年収が二百万ないからねえ」

　そう返す母には悪気はない。

が、事実だからこそ、言われたくない。姉が、聞いてごめんなさいという顔をした。

「でも秀真は好きなことしてるから。いいわよね。翻訳ってなんだかインテリっぽくて。そういえばさ、秀真のいってた大学に私の友だちもいってたじゃない？　あの子が……」

　さりげなく話題を逸らす。肉親に年収を知られて動揺する、そういういじましさに自己嫌悪する。好きで立派な仕事なら年収が少なかろうと胸を張るべきなのかもしれないが、貧乏はやっぱり切ない。具体的な数字が出てしまうと、その数字で比較される。低所得は、つらい。

　つけっぱなしのテレビを眺める。

　午後の奥様番組。生活に密着した情報を伝える主婦番組に、見知った顔が出ていた。

　――仙川月久。

　内容は「三分でわかる日本と世界の経済事情」である。嚙み砕いてわかりやすく経済問題を語ってくれるらしい。

　母にも姉にも「仙川月久の部屋を借りるんだよ」とは伝えていない。ちょうどいい安い物件が見つかったから引っ越すとだけ伝えている。大家が誰であるかなんていう情報は、基本、必要事項ではないわけだし。

「この人、かっこいいわよね。この顔で学者さんなんだって？」

——仙川さんが大家だって伝えないでよかったな。

下手なことを言ったら、ミーハーなところのある母と姉に仙川についてあれこれ聞かれていたに違いない。

「でもお母さん、苦手だなあ。とっつきづらいっていうか、かっこよすぎて怖いっていうか。性格悪そう」

なんの根拠もない毒をさらっと吐いて、母がお茶を啜る。

「結婚するならね、あっちのああいう人のほうがいいわよ。素うどん啜ってそうな顔してる。こっちの学者さんは夕飯はいつも横文字の立派な料理食べてそうじゃない。そういうのだめよ」

仙川の横で、仙川に質問している庶民顔のアナウンサーを指さして断言する。

「いや、それが……」

ハンバーグが好物で、生蕎麦も自分で茹でられるんだよと言いかけて——やめた。

うっかり言ったものなら、そんなことをどうして知ってるんだと問いつめられる。

——ああ、だけど、仙川さんのことよく知らないあいだは、俺も、なんだかえらそうで隙《すき》のない男だろうって思ってたんだよな。

澄ました顔でテレビのなかで語る男の、素顔を少しだけ知っている。

その事実が秀真の心のなかで、ふわりとあぶくになって表層に浮かび上がる。秀真は、仙川の笑い声や、鼻歌を知っている。意外といい奴だよと言いたくてたまらないのに、言わないでそっとニヤニヤしている。それが妙に誇らしい。

のんびりとした自宅の午後——秀真だけ、無駄な優越感に浸っている。

「そうかもね。この人、五年前に奥さんを亡くして、いまは独り身なんだって。外食で豪勢なもの食べてるかもね」

姉が答える。どこからそんな情報を？

「え、仙川さん、結婚してたんだ」

ぽろりと言葉が零れた。その情報は、秀真が読んだ書物の著者紹介欄には掲載されていなかった。いままでは知りたいとも思わなかった情報だ。

どういうわけか、チクッと胸の奥がわずかに痛む。結婚していたという過去を知ることで、むかついた。

テレビのなかでしたり顔で語る、眼鏡の似合う男前をぼんやりと観ていると、胸の奥がざわざわとする。

「死に別れ？　病気かなんか？」

「知らない。週刊誌でいろんな情報が掲載されてる頁《ページ》にちいちゃく載ってたんだよね。巷《ちまた》で話題の准教授は独身じゃないよみたいなの。亡くなられた奥さんの家とうまくいってないらしいみたいなことも書いてたような」

「五年前ってことは、若いうちに結婚したのねえ」

母と姉がいかにもどうでもいいように話している。興味ないふりをしながら、秀真の耳のアンテナがピッと立つ。

「あ、こら。冷蔵庫から勝手にチョコ出してきて食べてるんじゃないわよっ」

が——姉が立ち上がり大声を出し、息子を追いかけて仙川月久情報についての交換は終了してしまった。

「秀ちゃん、今日は夕飯食べてく?」

冷蔵庫にチョコをしまいがてら中を覗き込み、姉が言う。

「いや、いい。仕事があるから、帰る。着替えと、うちにあまってる食器もらいに来ただけだから」

口早に告げ「そろそろ帰るよ」と立ち上がった。

3

西荻窪《にしおぎくぼ》への引っ越しで、貯金が少し減ったから、ここであとせめて五年は暮らすと秀真《しゅうま》は決意する。

そのためには自分の家事能力の低さをどうにかせねばならない。洗濯は意外とどうにかなった。洗濯機が頑張ってくれるので、洗剤の量さえ間違えなければたやすいものだ。掃除も、苦手ではない。いままでも自室の掃除は自分でやっていたし、整理整頓は好きなので、ちらかさないことを気にかけてさえいればどうにかなる。

問題は、調理だった。

広瀬川《ひろせがわ》のところで買ってきた「はじめての西洋料理」を熟読する。

「ハンバーグを作ろう」

本を閉じて決意し——自分はそんなにハンバーグ好きだったっけと問いかける。別に、普通。

普通なのに、ハンバーグづいているのは、仙川《せんかわ》がハンバーグが好きだと知ったから。

——美味《おい》しそうに食べてたなあ。

喫茶店のハンバーグを仙川は夢中になって食べていた。秀真も無言で食べていたが、仙川もそうだった。蕎麦《そば》のときとはうってかわって、身体全部で「これは美味しい」と訴えるように食べていた姿に「ちくしょう」と思った。

なんで「ちくしょう」なのかわからないが。

本を見て、材料のメモをした。タマネギにあいびき肉に卵にパン粉。買い物にいく途中で、広瀬川書店にもいこう。そして喫茶店にいって、旗のオマケをもらったと報告しよう。

「いらっしゃい」

広瀬川書店である。

店に入ると、レジのところで本を読んでいた広瀬川が顔を上げる。秀真の顔を見た途端、広瀬川がニッと笑った。

「ああ、きみか。喫茶店、いったんだってな。仙川から聞いてる」

広瀬川は、仙川から、教えられたハンバーグの旨《うま》い喫茶店で仙川と秀真が出会った顛末《てんまつ》を聞かされたらしい。

「しかもすごい偶然だよな。仙川のところに越してきたのがきみだったなんて思いつかなかった」

「そうですよね。世間は意外に狭いですね」

「そうそう。世間って狭い。悪いことできない。あとさ、ハンバーグのオマケ、旗だったんだって？　事前に俺から何日何時に何人いくからって伝えて予約しないとオマケがつかないらしいな。リベンジするから、予約しとけって仙川に文句言われた」

「リベンジするんですね」

「あれ？　きみはしないの？　仙川はきみとふたりでいく気満々だったけどな」

「聞いてないですよ？」

「じゃあそのうち言われる。来週中にはなんて言ってたけど、あいつ忙しいからな……」

「忙しそうですよね」

言いながら、広瀬川の手元の本を、覗《のぞ》き込んで見る。タイトルは見えないが、黒い表紙がなんとなくホラーもののような気がする。

「ホラーものがお好きなんですか？」

「うん？　そう。ごめん。『エクソシスト』は名作だからつい何度も読んでて」

なぜ謝罪して、照れた顔になるかはわからないが――読んでいたのはエクソシストなのか。

「きみも好きなの？」

「いや……そんなには」

ホラーが特別好きなわけではないので、詳しい話になるとついていけないぞと、正直に告げる。

「なんだ」

広瀬川はあからさまに落胆した。

「……仙川さんとは長いおつきあいなんですか？」

「そうだな。中学時代からだから、長いほうなんじゃないかな。あ、そうか。俺のホラー好きについて、仙川から聞いたってことか？　なんだよ。カバーとって読んでる本の表紙一瞬だけで『エクソシスト』ってわかったのかと思って期待しちゃったじゃねぇか」

「す、すみません」

ちいさくなったら「いや、いいけどよ」と笑われた。

「仙川とはつきあいだけは長い。でもな、仙川がなにか迷惑をかけても俺には言わないでくれよ。あいつの尻《しり》ぬぐいはしたくない」

「迷惑はしてません。むしろこちらが迷惑をかけっぱなしです」

広瀬川は驚いた顔をした。

「あいつに迷惑かけたって？　どうやって？」

「え……どうって……、普通に」

普通に迷惑かけてるってどうなんだ。雨降りの道路に押し倒し、部屋を貸してもらい、車酔いを気遣ってもらい、蕎麦を茹《ゆ》でてもらって、ケーキをもらった。普通以上に世話になっている。

「そりゃあ珍しいな」

「珍しい？」

「あいつはめったに他人に親切にしない男なんだ。人に迷惑をかけることがあっても、迷惑をかけられるタイプじゃない。俺が知ってるなかで、あいつが人の世話してるのを見たのは、俺と、もうひとりぐらいだな」

断言した。

——自分は仙川さんに迷惑かけてるって断言しているよ？

広瀬川もずいぶんとあくの強い人物みたいだ。

「そうだ。仙川さんて、結婚してたんですよね。西荻窪のいま俺が借りてるマンションて、奥さんと暮らしてた部屋なんですか？」

ぽろりと聞いてしまい、慌てる。こんなことを聞きたいわけじゃないはずなのに、どうして言ってしまったんだろう。

「……そういう話まであいつとしたのか？」

「いや。はい。いや。……週刊誌で見たので、聞いたら、あれで」

どっちだよ。そして、なんなんだよ。という返事をした。

結婚は、姉に聞いた噂話で——暮らしていたかどうかは、仙川のいままでの言動から推察したことで——。

キッチンで誰かと並んで調理した記憶があったり、思い出があるから部屋を手放せなかったりと、そういうことなんだろうなと思っただけで。

「そういや週刊誌に載ったんだっけ。独身貴族と思いきや実はバツイチ的な暴露記事。バツイチって言っても死別だからニュアンスが違うんだけどな。あの手の週刊誌は事実をねじ曲げてでもセンセーショナルな言い方を選ぶから」

「広瀬川さんは、仙川さんの奥さんのことご存じだったんですか？」

「ああ。仙川と俺と、三人で中学んときから仲が良かったからな。部活が同じだったんだ」

どんな人でしたと、聞きたかった。聞きたいと感じる自分に、ぎょっとした。仙川のプライベートや過去にどんどん首を突っ込んで、知りたがっている自分を意識する。

「部活？　広瀬川さんと仙川さんが入ってた部活ってなんですか？」

「文芸部だったんだよな。俺もあいつも本が好きでさ。俺たち以外はみんな女子。いたたまれなかったから、俺と仙川はどんどん仲良くなって、そのまま腐れ縁だ。それで彼女は——三年のときには部長になって」

ふいに言葉が途切れる。

つづけてなにを言うのかと待っていたけれど、広瀬川は、過去を思い返すように宙を見つめていた。

「中学からのつきあいで結婚なんて、すごいですね」

なにか言わなくてはと押しだしたのがそれで——。

「まあな。あの週刊誌には本当に腹が立った。仙川、彼女が死んでからずっと落ち込んでてさ——。寝ないで、食わないで、とにかく仕事して——自分を追い立てるみたいに仕事してたらそれが当たってブームになって……。いいんだか、悪いんだかって思って見てた。その止《とど》めがあの記事だったからな。やっと立ち直ったのに、追い打ちはないよな」

「そうなんですか」

ほら、やっぱり。

脳内で自分の声がする。やっぱり仙川は奥さんのことを愛してたわけだよ。わかってたことだけど。ゲイなんかじゃないし、だから秀真が仙川のことをいいなと思ったとしても望みは、ない。

「仙川がマスコミに顔を出すせいで、死んでしまった妻のことまでネタにされるぐらいなら、そういう仕事はもうやらないって各社にきっぱりと言ったら、あちこちで調整してくれて、今後、プライベートについては書かないし聞かないってことになったたって言ってたな。それで怒ったら、ふっきれたってさ。そういう、いい面もあったけどな」

「怒ったら、ふっきれたって？」

「奴にとっては、彼女の死はどうしたって重たい錘《おもり》なんだよ。俺にしたってそうだ。昔馴染《むかしな じ》みが若いうちに死んだんだから。かといってその錘、捨てられないからさ。錘ごと浮上するには、すごい出力が必要なんだよ。重たいもの抱えて、それでも普通に食べて寝て笑ってって生活をしようとするにはエネルギーがいる。仙川にとっては怒りが浮上のエネルギーになったんだよ」

「……仙川さんは奥さんのことをとても大事にしていたんでしょうね」

広瀬川は、一瞬、口ごもってから、

「……そうだな」

と、うなずいた。

材料を買い込んで、帰宅した。

ハンバーグのためにタマネギを切った。切れば切るだけボロボロと涙が零《こぼ》れた。目の奥が沁《し》みて痛くて、顔がぐしゃぐしゃになる。泣きながら刻んでいるのにうまく細切れにならなくて、タマネギをまな板のうえで、包丁で滅茶苦茶に叩《たた》きのめした。

——奥さんのことを大事にしていたからなんだっていうんだ!?

仙川が過去に誰かを愛して、結婚していたからって、秀真がショックを受けるのはおかしい。仙川のことを好きになってしまう前に、ストッパーになるような現実を知ることができてよかったよと言い聞かせる。

仙川は秀真の射程外。好きになんて、ならない。それでいい。

「ちっさ。もう、俺っていつも、なんでも、ちいさいんだよ」

胸の奥がジリジリする。

いいなと思った程度の相手の過去が沁みて痛いって、馬鹿みたいじゃないか？　誰にだって過去がある。秀真にだって恋のひとつやふたつぐらいなら、ある。たいした恋愛じゃないし、仙川が妻に抱いていた想いに比べたらちいさなものだろうけれど。

「つまりさ、仙川さんて、真剣に恋愛できた人、なんだ」

仙川は、そうなんだ。

包丁の手が止まる。

すごく誰かを好きになって、その人の名誉のために闘うんだみたいに言える人なんだ。考えると、胸がきゅっと絞られて、痛い。

タマネギにつづいてニンジンも切った。フライパンで炒《いた》めて、タマネギを冷ましていたら、携帯にメールが届いた。誰からだろうとチェックすると仙川からだった。

『必要な本を取りにいきたいのですが、いいですか？　それからハンバーグのオマケのリベンジしたいので今度どうですか。もしいけそうなら広瀬川に予約させます』

これかと思って、ちいさく笑った。

『いま実はハンバーグ作ってるので夕飯に食べに来てください』と送ると、すぐに『いきます』と返信が届いた。

どんな顔をしてメールを読んでくれたんだろうと思う。ハンバーグの歌を口ずさんでくれたりするだろうか。少しは楽しみにしてくれるだろうか。喫茶店のあの美味しいハンバーグを食べたときぐらい、夢中になってくれるだろうか。

なにがつくかわからないオマケより、秀真のハンバーグを楽しみにしてくれるだろうかと思うと、タネをこねる手に力がこもった。

仙川が来たときには、炊飯器のご飯は炊けていた。ハンバーグのタネもしっかりとこねて、楕円形にまとめていた。あとは焼くだけだ。

今日もまた仙川は手土産持参だった。有名店のケーキだ。名前だけは聞いたことがあるが食べたことのないそれは、秀真には神々しすぎる。

うやうやしく捧げ持って冷蔵庫にしまうと、仙川が微笑《ほほえ》んで秀真を見つめていた。

——なんで笑う?

「ハンバーグ焼きますから、待っててください」

きっぱりと言う。

「なんだか妙に勇ましいな」

ハンバーグを勇ましい気持ちで作ってどうする!?

しかし実際に秀真は「はじめてのハンバーグに勇猛果敢に挑戦」という気分なので、仙川の指摘は間違ってはいなかった。

「どれどれお手並み拝見」

と言いながら、仙川は当たり前の顔で秀真の横に並ぶ。

「作ってるとこ見ないでくださいっ」

「え?」

「できたら持っていきますから、見ないでください。緊張しますから」

調理台に「はじめての西洋料理」の本が開いてあるのをちらりと見てから、仙川は「わかった」と笑ってキッチンから離れる。

ハンバーグの作り方のページを穴が開くほど見た。脳内でシミュレーションした。熱したフライパンにハンバーグを入れて焼いて、ひっくり返して、焼き目をつけて、中身まで火を通し——。

「俺は、できる」

ぼそっとつぶやいて、うなずき、自身を鼓舞すると、秀真はハンバーグを焼くことに専念する。

片面を焼くことはうまくできた。できたが、それをひっくり返す段になってフライパンに焦げ付いて、うまく返せなかった。無理に返したら、焼けた片側がフライパンに貼《は》りついて、生の中身だけがぺろりと剝《む》けて、分解した。

「あ」

声を上げたら「どうした？」と仙川がソファから腰を浮かしている。

「なんでもないですっ」

嘘です。なんでもあります。

しかしつづけてもう片方を焼けばどうにかなるのでは――とさらなるトライをし、くるくると返したり、戻したりしているうちに――。

――ハンバーグの、ようなもの、になっちゃったよ。どうするよ、これ。

ポロポロにネタが分解された、ハンバーグに似たなにかができた。フライパンから漂う匂いは、美味しげなそれで、味もきっとハンバーグ。でも見た目が、あまりにも悲惨だ。

秀真がキッチンで固まっている様子を見て、仙川もおおよその事情は察しているらしい。

「できた？」

聞いていいかなというような顔つきで問われ、「できました」と暗い声で応じる。

皿に盛ったのは破壊されたハンバーグもどきだ。ところどころ黒こげになっていて、本の仕上がり写真とはあまりにも違っていて、泣きたくなる。

「なるほど」

仙川が立ち上がりキッチンに入ると、秀真の背後からハンバーグの皿を見下ろして、言う。

「すみません」

秀真は、うつむいて、唇を噛みしめる。こんなはずじゃなかったんだけど。一度は練習してから仙川を呼べばよかった。切って、混ぜて、焼くだけみたいに本に載っていたから、自分でもできるんじゃないかと思ったのに。ネタはすぐフライパンに貼りつくとか、焦げるとか、外側は焼けるけど中央部分だけは生になってしまうので気をつけてとか、そういうことも書いて欲しかった。

箸《はし》を取り、仙川は皿からひょいと肉の一片をつまんで食べる。

「味は美味しいよ」

「……すみません」

「謝るようなことじゃない。食べよう」

「いえ。……なんか違うもの買ってきます。だってこんなの……こんな……」

ハンバーグ。

仙川が好きだって知っているのに、この体たらく。そりゃあ、店で食べるようなものはできないだろうと思っていた。でもここまでひどいことになるとは思っていなかった。

「なんでそんな泣きそうな顔してるの？」

「泣きそう……っていうか。それは」

まさしくこのハンバーグは、泣きながら作ったのだ。タマネギのせいにしたけれど、秀真は、仙川のことが好きになりそうだったから、見込みがないので諦《あきら》めなくてはと泣いていたのだ。

「だって仙川さんが好きなものなのに、こんなんじゃあ申し訳ないから」

うつむいてぼそりと言う。

「俺がハンバーグ好きなの、知ってるんだ？　なんで知ってるの？」

「喫茶店ですごい嬉《うれ》しそうな顔して食べてたから。あれ見れば、ああ好物なんだなってわかります。美味しかったのもあるでしょうけど、ハンバーグ頼むときから仙川さんキラキラしてたから……」

ハンバーグの歌も聞いたし、というのは、胸に秘めた秘密だ。

「じゃあこれってもしかして俺のために作ってくれたんだ」

仙川が、口元を綻《ほころ》ばせて、告げる。

「え……あれ、いや、それは」

そうなのだが――そう言うのはまずいような気がする。

「それだけでごちそうだよなあ。俺のために誰かが作ってくれた料理って、久しぶりすぎる。食べよう。一緒に食べたら、美味しいよ」

仙川が笑って言う。皿を持ち、テーブルに運ぶ。自然と零れたのか――箸や食器の用意をする仙川はハミングしている。忘れられない例の、ハンバーグの歌のメロディだ。覚えやすいシンプルなものだから、一度聞いただけなのに秀真はメロディを覚えてしまっていた。仙川が、ふんふん……と鼻歌をうたいながら食卓を整えている。

つづいて、さあさあと秀真の背中を押して、椅子《いす》に座らせた。

悲しいハンバーグを見下ろすと、しゅんとなるが――。

「俺、食べ物くれる人になつくんだ」

向かい合わせに座った仙川は、そう言って、笑っている。テレビで見る知的な姿とはほど遠い、子どもみたいな顔をして、崩れたハンバーグを食べて「美味しい」と言う。

「はあ……」

――もう、だめだ。

望みなんてないとしても、好きになるしかないんだなと、瞬時に秀真は悟った。

片思い。それでもいいかな。この男が相手ならと――そう思ってしまったのだ。

4

引っ越してから一ヶ月。

秀真の家事能力値は少しずつ上がっていく。仙川の来訪頻度も、上がっている。

誰かと一緒にものを食べる。並んでひとつの料理を作る。湯気と食べ物の香りと味は、たぶん食卓を囲んだ人同士の気持ちの距離を近づけていく。

秀真と仙川との関係は、ふたりでものを食べるたびにじりじりと近づいているような気がした。

今日もまた「本を取りに」と仙川がやって来た。

「パキラ？」

仙川は秀真に手土産を手渡し、玄関先の観葉植物の鉢植えに目を留める。秀真の腰の高さまである植物だが、ひょろりと細い。

「これ、パキラっていうんですか？　引っ越し祝いにって昨日、届いたんです。俺、こういうの苦手だから枯らしたりしないか不安で」

翻訳の師匠である青山《あおやま》から届いたものだった。お礼の電話をかけたら「野津《のづ》くんがちゃんと根付くようにっていう願いも込めているから、きちんと世話をするのよ」と釘《くぎ》を刺された。

秀真は、鉢物のグリーンの手入れ方法なんて知らないのでいささか困惑していた。

「パキラはたいして手間がかからない。水のやり過ぎに注意するぐらいらしい」

「そうなんですか。仙川さんは植物にも詳しいんですね」

「昔、うちにもあったから。……だけどそういえば俺が枯らしてしまったな。加減がわからなくて水をやり過ぎたんだ」

さらっと言った台詞《せりふ》が耳の底に貼りつく。「俺が」枯らしてしまったという、そんな些細《ささい》なひと言がどろりと胸に溜《た》まる。仙川ではなく、元妻が観葉植物を育てていたのだろう。

「水をやり過ぎないように気をつけます」

「そうだね。枯れると、やっぱり悲しいから」

仙川が、手のひらを開いたような形の葉を撫《な》でながらぼんやりと言った。

パキラのことを言っているのに、そう聞こえなかった。仙川は、もっと別ななにかの消滅の寂しさを噛みしめているような、深くて、遠い目をしている。

「うちのは、枯らしません。絶対に枯らさない。気をつけます」

あまりにも仙川が切なそうに見えたから、仙川の気持ちをこちらに向けたくて、強く言い返す。

「そうか。日当たりもいいほうがいいみたいだよ」

パキラの葉から視線を上げ、仙川が微笑んだ。

「じゃあここより、ベランダの側《そば》のほうがいいかな」

窓のない玄関先では日光が当たらない。

「たぶん。リビングに持っていこう」

仙川がひょいと鉢を持ち上げた。

「あ、俺が……」

「いいよ。きみはラスクを持ってついて来て。それはうちの学生の北海道土産のラスクで、チョコがかかっていて美味しいらしい」

今日の手土産はラスクのようだ。秀真は、鉢植えを持って歩く仙川の後ろをついていく。

「野津くんの仕事の進みはどう?」

「まあまあです」

本当はあまり進んでいなくて青息吐息だが、そう言うと仙川が遠慮して来てくれなくなりそうで言えなかった。

「仙川さんは?」

「進んでいるよ。きみのおかげだ」

「俺の?」

リビングの、窓の前に鉢植えを置いて、仙川が秀真へと向き合う。

「きみと話すのが、いい気分転換になる。いままでの俺の気分転換はドライブだったんだ。遠くにいくほどの時間の余裕はないから、家の近所をひたすらぐるぐると回る。動物園の檻《おり》のなかの動物みたいだった。見慣れた景色の近所を、車で巡回していたんだ」

「家のまわりを巡回してて気分転換になったんですか？」

「家にいるよりはマシだった。もともと車の運転は好きなんだ」

「ひとりで運転してたんですか？」

「遠出ならまだしも、突発的な町内ドライブじゃあ誘う人選が面倒だからな」

仙川がひとりで車を運転し、同じ道を巡回している姿を想像したら、胸が痛くなった。

「誘ってくれれば、いくのに」

零れでた言葉に自分で驚く。

「……車に酔うのに無理しなくていい」

仙川が目を瞬いて、苦笑する。

「窓を開けてもらえれば大丈夫です」

「だから――もう前みたいに町内ドライブはしていないんだ。きみと話すことで、いろんな感情や、頭のなかの淀《よど》みがリセットされる。ドライブにつきあわなくていいから、ここに来させてくれ」

どういう意味で言っているのだろう。わからないけれど、どんな意味でもかまわなかった。秀真と会うことを仙川が楽しんでいてくれるなら、それで充分だった。

「それはもちろん……だって仙川さんは大家さんですし……」

秀真はもじもじとうつむいた。渡されたきりずっと持ったままの袋が揺れて、カサカサと音を立てる。秀真の心臓がトクトクと跳ねている。

「俺が近所に買い物にいってるときに入ってきて待っててもいいから。なんだったら、いただいている合鍵《あいかぎ》のひとつをお返しします」

「本当?」

うなずいて、合鍵を入れていたリビングボードの引きだしを開ける。ラスクを脇《わき》に置き、なかから鍵を取りだして、振り返る。

――合鍵を渡すって、気持ちを明け渡してるみたいな感じがする。

一度、手渡された鍵のひとつを、仙川に返した。

仙川は「ありがとう」と、合鍵を受け取った。


さらに日々が過ぎていく。

合鍵だけではない。

秀真の毎日に仙川がどんどん侵食してきている。

なにより、仙川がかつて暮らしていた部屋で過ごしているという事実が、秀真の胸をくすぐる。ときどき意味なく「わー」と叫んで、ベッドに突っ伏すことがある。我ながら、おかしい。

今日の秀真は、仙川が好きでよく飲むジンジャーエールを購入してきた。訪問のたびに仙川が自分用に持参していた瓶を覚えて、近所の酒屋で探して、買った。仙川のためにと冷蔵庫にジンジャーエールの瓶を横倒しで冷やす。

たまたま手が離せない仕事をしていて――仙川がやって来たときに秀真は玄関に出られなかった。

事前にメールで都合を聞いてくれていたし、合鍵を仙川が持っているから、そのままスルーしていたら――。

「野津くんにはダイエットコーラを買ってきたから冷やしておくよ」

仙川はいつもは秀真に手渡す荷物を、気を利かせて、冷蔵庫に入れてくれた。

「ありがとうございます」

リビングに持ちだしたノートPCで調べものをしていた秀真の耳に、仙川の声が響く。

「あ、ジンジャーエール」

自分で準備して冷やしておいたのに、仙川のためにそこまでしている自分が唐突にひどく恥ずかしくなる。

「野津くん、エクレアも冷蔵庫に入れておくから」

「はい」

声が喉《のど》に貼りつく。ちょっと甲高い返事になってしまった。

「あの……仙川さん、それ飲んでいいですから。ジンジャーエール。いつも瓶の飲んでますよね」

「ああ。ありがとう」

見透かされたかもという気持ちと、別に親切にしたっていいんだよね、おかしくないよねという気持ちの狭間《はざま》で、いてもたってもいられなくなってとうとう秀真は立ち上がる。自分も飲みたいのだというふりをして、冷蔵庫からジンジャーエールを取りだして蓋《ふた》を開けてひとくち飲む。

飲み慣れない炭酸と辛みがツンと鼻に届く。

きゅっと目をつぶると、閉じたまぶたの奥で光がチラチラと踊った。

——夏が、はじまる。

「……炭酸、きつ」

瓶を口から離して、ふーと息を吐く。仙川が秀真を見て笑っている。

「その炭酸がきついところがいいんだよ。ペットボトルのじゃ気が抜けてて、だめだよ。やっぱり瓶のじゃないと」

「そう……かな」

「きみにはまだその刺激は早かったのかもな」

「人を子どもみたいに言わないでください。二十八歳ですから」

今年は空梅雨《からつゆ》で、あまり雨も降らずに過ぎたから、季節の変わり目を感じる間もなく、気づいたら夏になっていた。

仙川は、いつも事前にメールをくれて必要な本を「取りにいってもいいか」と聞いてくれる。「在宅なのでどうぞ」と答えると、やって来る。合鍵を手渡しても、事前のメールなしでの来訪はない。

来るときには、毎回、秀真のために手土産を持参する。スイーツ系のものや、食事時にはデリで購入した総菜を買ってきてくれたこともあった。

秀真の反応を毎回観察しているようで、どんどん、土産が秀真好みになっていく。甘いもの、特に生クリーム系のものが好きだとか、肉食で野菜が苦手なことや、ダイエットコーラをいつも飲んでいることなど。

仙川が、まめで、優しすぎて、困る。

冷蔵庫から洋菓子の箱を取りだし、開け、エクレアを覗き込んだ。つやっとしたアーモンド色のチョコがかかったエクレアと、普通のエクレアが入っていた。見るだけで口のなかによだれが溜まる。

仙川は、甘いものが苦手なのだそうだ。だからスイーツ系はいつも秀真だけが食べる。自分はいらないのだと断られてから、仙川が帰ってから、ひとりで食べることにした。甘いものは嫌いだというのに、仙川の持ってきてくれるスイーツはどれも美味しい。

いますぐ食べたいのを我慢して、箱を閉じて、また冷蔵庫にしまった。

「楽しみなら、ケーキ、俺のことは気にせずに食べればいいのに」

仙川が秀真を見て、くすくすと笑っている。仙川には、笑われてばかりだ。

「――って話してたら俺も飲みたくなったな。持ってきてるけど、冷えてるほうもらっていいかな」

「どうぞ」

仙川が秀真の横をすり抜け冷蔵庫を開けた。瓶のジンジャーエールの蓋を栓抜きで開け、立ったまま口をつける。

すぐ近くで、軽く顎《あご》を上げて瓶に口をつける仙川の、喉仏《のどぼとけ》の動きに視線が引き寄せられる。丸い膨らみが上下する。

――やばい。

ゲイである秀真にとって、仙川のその嚥下《えんか》する喉の動きは艶っぽすぎる。

神経がピンと張りつめる。仙川から視線を引き剝がしたいのに、食い入るように凝視してしまう。

仙川は瓶を口から離し、ふと秀真を見た。

「野津くんは、ときどき妙に色気のある顔をするな」

「な……」

弾《はじ》かれたように、秀真は、仙川から顔をそむけた。顔が熱くなる。欲望を見抜かれてしまったようで、仙川をまっすぐに見返せない。

「美味しそうに飲みますよね。そういえば瓶コーラって飲んだことないな。ジンジャーエールと同じにコーラも瓶だと炭酸きつくなってるのかな」

動揺のあまり、思いついたことをべらべらと話して、手にしていたジンジャーエールの瓶に口をつけ——炭酸に、むせた。

けほけほと咳《せ》き込む。涙が滲《にじ》んだ。

「ああ……すみません。むせただけなんで。って、わあ」

仙川が唐突に秀真の手をつかんだ。引き寄せて、背中を軽く撫《な》でてくれたのは——むせた秀真を心配してくれた行為だとわかったが——。

突然だったから、驚いて持っていた瓶を傾けてしまった。仙川の白いシャツの袖《そで》にもジンジャーエールの中身がかかり、滴の形の染みが何粒か散らばってついた。

「ごめんなさいっ」

近くにあった布巾《ふきん》をつかんでシャツに押しつけた。

「すまない。驚かせたんだね」

仙川が秀真の手を押さえ、笑顔で言う。

心臓が馬鹿みたいに跳ねている。

眼鏡《めがね》のレンズの向こうで、仙川のきつい双眸《そうぼう》が秀真を見下ろしている。なにもかもを知っているような、油断のならないまなざしで、秀真を見ているのだ。

「ラグも汚れちゃった。これ、仙川さんから借りてるのに、すみません」

仙川の手を振り払って、腰を屈めて、染みを拭《ふ》いた。

ジンジャーエールの甘い匂いがする。

仙川も秀真と同じにしゃがみ込み、秀真のすぐ間近に顔を寄せて、言う。

「たいした染みにならないよ。このラグはどうせ買い換えようと思ってたんだ。学生のときから使っていて、すり切れてる」

「でも……」

「じゃあ、シャツを水洗いさせてくれ。そしてそのあとでシャツの濡《ぬ》れた部分が乾くまで、話し相手になってくれ」

覗き込まれ——結局、秀真は、うなずいた。

袖の部分だけ水を吸って肌に貼りついたシャツを着ていても、仙川は、仙川だった。

堂々として、なにもかもどうってことないよという態度でいる。

着替えを出すにも、仙川と秀真とでは体格が違う。いちおう提案して差しだしたら、仙川は広げたそれを胸にあてて「入るかな、これ」と素で独白を漏らしていた。

「無理ですよね」

だから秀真は、ちいさくなって仙川の手から自分のトップスを取り上げた。

——着られそうもないものを出した俺が馬鹿みたいだよ！

「本当にきみはいい子だよね」

しみじみと言われたが——嬉しくない。

いい子と言われる年齢じゃないし、むしろ気が利かない奴だし、仙川の前では躓《つまず》いたり、転んだり、ろくなことをしていない。

「俺、きみの仕事の邪魔をしているな」

仙川が、言う。

まったくもってそのとおりなのだが「そうですよ」と言い返せない秀真だ。

しかもいまは修羅場ではなく——ちょうど息抜きをしたいタイミングで。

——っていうのを見透かして、さっと帰るか、長居するか決めてるんだよな、この人。

仙川は、秀真がカリカリしているときには手土産を渡してすぐに去っていく。

「でも、ちょっとつきあってくれ。三十分で帰るから」

「三十分でその袖乾きませんよ」

「なに真面目なこと言ってるんだ。そんなのただの言い訳だ。車で帰るんだし、袖なんて濡れたままでも困らない。それにジンジャーエールの染みなんて、洗わなくても別に困らないだろう？」

しれっと返されて、絶句した。

開き直ったよ、この人は。

ため息をついて仙川の前に座る。

——この人、絶対に他人が自分を拒絶するなんて思ってないよ。

実際、秀真は、仙川のことを許している。でもそれだけじゃなく、仙川は自分が人に好かれることを「知って」いるのだ。嫌われない自信がある余裕は、するりと人の心に寄り添うテクニックを磨く。

羨《うらや》ましいより、妬《ねた》ましい。

秀真は仙川みたいに屈託のない美男子の存在はいままで知らないで生きてきたから。

「こんなにこまめに手土産持参で来るなんて、仙川さんは、モテますよね」

仙川のチョイスは、女性に喜ばれるようなものだ。スイーツにしろ、デリにしろ、いつもラッピングからして凝っている。この部屋の雰囲気もまた、そうだ。

だから、嫌味を放った。

手に入らない相手に引き寄せられる気持ちをセーブして、中間地点で立ち止まりつづけるのは意外と体力がいる。近づかないほうがいいのに、やっぱり好きだから近づいていってしまう。でも仙川の優しさのすべては、秀真の望んでいる恋愛の成就《じょうじゅ》とは別口のもので――。好きだと告白したら、壊れてしまう。

仙川と秀真の関係は、シャボン玉の泡みたいな綺麗《きれい》でふわふわしたつながりでしかない。友情のはじまりで――互いの悪い部分や暗い部分を知り合うほどには深くなく、表面だけをなぞっている。

――どこかの女の子がこの人のことさらってっちゃう未来もあるのかな。

友だちになれたことで満足しておけと自身を戒める。それ以上を望むのは無理だよ、と。けれど、仙川がいなくなった部屋でひとりでいると、仙川の過去に嫉妬《しっと》してつらくなることがあった。それだけではなく、まだ来ない未来にも望みを持てずにイライラすることもある。

ゲイじゃない相手を好きになるのって、キツイ。なのに、やめられない。

少しずつ相手のことを知って、好きになって――もっともっと知りたくて、秀真は、仙川から離れているあいだも仙川のことを知ろうとしている。

そういういまの恋の形が、秀真にとってははじめてのものだった。

いままでの秀真の恋愛はもっとインスタントだった。出会って、適当に好きな部分を探す。

フリーならつきあおうかと様子見をして、契約をかわすみたいにして恋人になって速攻で寝て——でもあまりいい感じにはならなくて、痛いばかりの性交でイマイチなのが顔に出て——振られて——。

そんなやり方でしかつきあったことのない秀真にとって、仙川との関係は、手放せない宝物みたいなひどく大切なものになっていた。

失いたくないものに、なっていたのだ。

「ご明察。——俺、モテるんだ」

秀真の隣に立った仙川が、秀真の顔を覗き込んだ。

「モテてる男の自慢ですか……って、あ?」

仙川が秀真の前髪をかき上げ、額にくちづける。軽く触れただけで、すぐに離れる。あまりにもさりげなさすぎて、勘違いかと思うようなキスだった。

「……なにを……いま……?」

乱した秀真の前髪を指先で整え、仙川がちいさく笑う。秀真の顎《あご》をとらえ、上向かせた。

視線が合う。

切れ長の双眸がレンズの奥で光っている。

「キス。きみはときどきすごく可愛いから、つい」

ささやかれ——頭のなかが真っ白になった。

秀真を見下ろす仙川の顔が近づいてくる。顎を強い力でつかみ固定する。台詞や行動のわりには、仙川の双眸は冷えている。高みに立った男の傲慢《ごうまん》さを湛《たた》え、笑みを含んだ眸《ひとみ》に凝視され、背中がざわついた。

「な……に言ってるんですか」

問いかけても仙川は答えない。

返事のかわりに、仙川が秀真にくちづけた。眼鏡のフレームが頬に当たる。唇の奥へと舌が侵入し、口中を嘗《な》め回す。探るような柔らかく繊細な動きに、触れられてもいない背中から首筋までが、くすぐったく震えた。

口中のどこかにスイッチでもあるのだろうか。キスだけで腰が砕けそう。頭がぼんやりとして、息が乱れる。

「やめて……ください」

それでも必死で理性を引きずりだし、顔をそむけ、仙川を突き放す。

息が、上がる。

「俺はきみの怒った顔も好きかもしれない」

そう言って、仙川は秀真の髪をくしゃりとかき混ぜた。

「ふざけないで！」

「そうだな。ごめん」

怒鳴ったら、くるりと背中を向け、離れていく。

さんざん秀真の感情を引っかき回しておいて離れるときもマイペースで、唐突だ。

——なんていう言いぐさだよ。

だって仙川は結婚していたじゃないか。女性と恋愛ができるのに、秀真にキスをするなんて。

「俺、男ですよ。仙川さん結婚してたんだから、女の人が好きなんでしょう？」

思っていたことがそのまま口からだらだらと漏れた。

間違いなく「俺はゲイだけど、あなたは違うよね」の言いがかり口調だった。言った途端、青ざめる。ゲイだっていうカミングアウトをしていないのに。

していないのに——仙川に、秀真の性指向がばれているというのなら。

——きっと俺は、仙川さんのこと「いいな」って欲しそうな顔をしてたんだ。

「へえ。俺の過去を調べてくれてたんだ」

仙川が少しだけたじろいだ顔をした。

「別に調べなくても仙川さんは有名だから」

「基本、親しい相手しか伝えてない話なんだけどな」

自嘲《じちょう》の笑みを浮かべ、仙川は、うつむいた。いつになく嫌な笑顔なのに、気持ちが引き寄せられた。吸引されたのは、仙川のなかに傷を感じたからだ。

その笑顔は、秀真に対しての皮肉ではなく、仙川自身に向けての冷笑だった。

――この感じ。

出会ったときの、泣いているように見えた、仙川の一瞬の印象といまの仙川の姿が重なる。いつもは見せない表情だから、目に焼き付く。仙川のなかにある過去が、ある種の陰を作っている。痛々しいものを飲み下した大人の男の色香を、自嘲の笑みを浮かべる仙川に感じた。

「でも……週刊誌に載ってましたよね」

「ああ、あれか。一回だけネタになったんだよな。抗議の電話はしといたけど……芸能人でもなんでもない准教授のプライベートを探って誰が得するんだか」

仙川が髪をかき上げて苦笑する。

仙川が見せた弱気の顔が、秀真を混乱させる。つかの間だけですぐに消えた笑顔と、そのあとに双眸に浮かんだ苦渋が、秀真の心をとらえる。

笑顔なのに、それでいて喪失を悼《いた》んだ、なんともいえないつらい目をしていたから。

――そういう顔をするってことは、亡くなった奥さんのことをよほど愛してたんじゃないのか？

「奥さんのこと、愛してた？」

ふと、胸のなかを乾いた風が吹き抜けていく。秀真が死んだあとに誰かがそんなふうに、まだ傷が癒《い》えていないのだという顔をしてくれるだろうか。親じゃなく姉でもない誰かが。

――こんな顔をして、恋人は俺を悼んでくれるだろうか。

「キスをした途端、それを俺に聞くの?」

どこか呆《あき》れた顔をして仙川が秀真を見返した。

泣きたいような、笑いたいような気持ちになった。キスされれば嬉しい相手なのに、くちづけられて悲しくなった。

少し黙ってから、仙川が言う。

「——妻のことは、愛しては、いなかったよ」

低い声が耳に沁みこむ。優しい声だった。

嘘ばっかり。そんなふうに言うなら、まだ傷口が乾いていないような、悼みに沁みた笑い方をして回想なんてしないだろうに。

だから正直に返した。

「嘘つき。もう帰ってください」

「嘘じゃないけど——今日はもう帰る。また今度」

——今度は、あるの?

趣味のいい高価な服を着た、精悍《せいかん》な顔をした准教授。仙川の肩幅のある、バランスのいい後ろ姿を秀真は呆然《ぼうぜん》と見送った。

混乱してしまったし、ひとりでは過ごしたくないから――数少ない友人のひとりへとメールを送って、夜を過ごすことになった。翻訳仲間の女性だ。同じ師匠について、下訳をまかされていた時期があった。

翻訳を目指すのは女性が多い。金銭的にそんなに儲《もう》かる仕事ではないからだ。男の一生の仕事としてやっていくには覚悟が必要なのだ。もっともビジネス文書や企業文書をメインに翻訳の仕事を組めば、年収一千万への道もあるのだが。

久しぶりに顔を合わせた友人――下野《しもの》と定食屋で落ち合って近況報告。

――そういえば前の失恋のときもこいつと飲んだんだ。

下野は、秀真が突然誘いをかけても断らない。文句を言いながらも、結局はつきあってくれるいい友人だ。

下野には秀真がゲイであることは伝えていない。

前回は「やけ酒」とだけ告げて、つきあってもらった。下野は根ほり葉ほり聞こうとしたが、かたくなにガードを守って、逃げ切った記憶がある。秀真は嘘が下手だ。適当にオブラートにくるんだり、ごまかしたりできない。失恋話をうまく「相手は女性」で語りきれず、途中で「それ男じゃないの」と発覚するだろうから、ならばなにも言わないほうがマシなのだ。

――しかし、超、うちの近所なんだよな。ここ。

下野の指定した店は、秀真の実家の側だった。

さらにいえば仙川が勤めている大学の側でもある。

学生街が近くにあるこの店は、安くて量が多いことで有名だ。小鉢をツマミに酒を飲んだりもできる。秀真が学生だったときには友だちとたまにここに来ることもあった。

――酔っ払ってたあのとき、仙川さんは、学生たちとこのへんで飲んでからタクシーに乗って帰ろうとしてたのかな。

久しぶりだが、店の内装含め、雰囲気はまったく変わっていない。学生とサラリーマンとが渾然《こんぜん》としている客層は男性メインだ。

「ここ、来てみたかったの。『ひとり飯』っていう安くて美味しい店中心の食べ物ブログがあって、そこに紹介されてたから。でも私ひとりで入るのにちょっと勇気が必要だったんで」

「そんなブログがあるんだ。ここさ、俺が学生んとき、友だちに連れられてたまに来てたんだよな」

下野から「いきたい店があるんだけど」と指定されて、驚いた。女性がいきたがる店とはいえないし、隠れた名店という感じでもない店なので。

「そうなんだ？　野津くんちこの近所でしたよね」

「俺は自宅だから食いたいときに漬け物もポテサラも食えたけど、親元離れてこっちに来てる友だちが、たまにこういう飯が食いたいんだよなって。学食より美味いし」

「青春時代って感じだね」

「つい最近の話なんで、そんなご大層にくくられると」

「最近じゃないよ。二十八歳にとっての大学生って、五年ぐらい前だよ？　五年は最近じゃない」

「あれ、そうか。ついこないだみたいな気がするのに」

「それ、年寄りの台詞」

言いながら手書きのメニューを眺め、鯖《さば》の味噌《みそ》煮《に》定食を頼む。下野が頼んだのは一品料理いくつかと瓶ビールだ。グラスはふたつでと言うあたり、なんだか手慣れたものだ。

「野津くん、引っ越したんだ。なんだ景気いいじゃん」

近況報告をさらっとしたら、下野が「引っ越し」に食いついてきた。

「よくないけどね」

「恋人できたから？」

「違う」

ふーん、と、下野が秀真を見やる。

「私もさ、なんとかひとり立ちできそうなんだよ。ビジネス書メインにしてさ、いくつかの会社と契約して、やってくことにしたんだ。医学書関係の翻訳の登録したら、そこも私を使ってくれてるんで、いま個人的には景気いいの」

下野はボーイッシュで、ショートカットが似合う。小柄な体躯《たいく》に、飾りけのないシャツとデニム。すっとした顔立ちで、清潔感がある。もっとも本人は「拝みたくなるってたまに言われるけど、それって目が細い仏像顔っていう意味よね」とふてくされている。

「ハーレクインは？」

「お約束文書は頭に入ったし、そこそこやれそうだけど……。ビジネス書のほうがお金になるし、苦労したものが収入にならないとつらいから。野津くんもでしょ？　ビジネス関係の翻訳増やしてるって言ってたじゃん」

ハーレクインには独自の約束事項がある。こういう場合はこのように訳してくれという決まり事の書類を最初に渡され、それに従って翻訳していく。

「まあ、そうなんだけど。でも小説がいいって下野さんも前に言ってたから」

ハーレクインを訳すには女心がわかってないようだからと、翻訳を回してもらえなくなったという話を、そういえば下野には言っていなかった。というより、回してくれていた青山に「もうやめなさい」と拒絶されたことを、誰にも言えなかった。向いていないと断定されたことを他人に言うのが怖かった。自分の負けをさばさばと告白できない。おまえはだめだと言われて、見ないふりして、逃避した。

「うーん。前はさ、翻訳っていうと小説がいいかなーなんて軽く考えてたんだけどね。ビジネス関係のも翻訳していったら楽しくなってきた。知らないこと勉強して覚えてくのはおもしろいから。特殊な用語に強くなっていくと気持ちが上がるよね」

「それにさ、これをどうしても翻訳したいんだなんて小説、リーディングしててもそんなに巡り会わないいし。そういうのも、もういいやって。野津くんは、なんか最近、いい本に会った?」

「そ……うだな」

リーディングとは出版社から「この本はおもしろいかどうか」を試し読みさせられて、どういう内容かをメモして渡す仕事だ。たいていリーディングをしたものが出版されるときは、そのまま翻訳がまかされることになっている。

が——秀真はもう三度も、リーディングで高評価を出し、要約を渡したのに、その本の翻訳は別な人間に手渡されるということをくり返している。これも下野には伝えていないが。

「リーディングで?　まあ……そうだね。ないねえ」

嘘ばっかり。今年になって三冊見つけ、でも三冊とも違う訳者のところに仕事の依頼がいった。どうしてなんだろう。秀真にはセンスがないから?　翻訳者にとって必要なのは英語の能力よりも、実は日本語の能力だから?　ぴたりと当てはまる言葉を思いつくのは、語学力よりセンスだ。感性だ。

「だよね〜。そんなに心にビビっとくる傑作には会わないっていうか。巡り会うのも才能だとしたら、私にはその才能はないんで〜」

さばさばと笑って下野が言い、「じゃあ俺もないな」と同意する。

下野みたいに笑えないし、同意もしたくないし、心のなかはぐちゃぐちゃで暗い。うまくいっている連中や、うまくいかなくても別な道にシフトしてにこにこと笑っている下野のことが妬ましくて苦しい。

「別にこれに限らず、お互い、実利主義でよかったよね。やれもしないのに私はやれるのよって、言い張ってるような人じゃなくてよかったよ。ああいう生き方はつらいよね。お金もないし、仕事もないし、実力もないのに、成功してる人のこと妬んで、妬み酒っていうか。こないだ会った人がそのタイプでね……」

下野の台詞は容赦ない。笑顔でくりだす必殺の武器だ。

金も仕事も実力もなくて成功している人をまさに妬んでいる秀真だが「それは俺だ」と開き直る潔さにも欠けているため「そうなんだ」と愛想良く応じるのみ。

言い返せないし、かといって笑い飛ばせるわけでもなく、いちいちうじうじと悩んで自宅で落ち込む。自分の器のちいささに落胆する。

ちくしょう。下野。空気読め。全体の空気じゃなく、俺の空気を読んでくれ。

と、言い切って怒りだせたらいいのに。

ぐだぐだになりながら、秀真は、酒をどんどん呷《あお》っていった。

その後は店をかえ、下野と、酒を飲んで飲んで飲んで——飲まれた。

「なんかこういうの、前にもあった気がする。つーか。あったよな。下野とふたりで」

失恋時には、お世話になりました。事情は伝えないまま、下野にとことんからんでしまってすみません。口に出さずに心で詫《わ》びて——口に出さないと意味はないんだけどと、自分に突っ込む。

「ありましたね。野津くん、なんで酔うと機嫌悪くなるのかな」

「機嫌いいって！」

こういうのを空元気というのだ。あるいは悪酔いというのだ。

「あ、違うな。酔うとじゃなくて、野津くんが私を誘ってくれた飲み会では、いつも機嫌悪いんだ。自分から誘ったくせに。前のときも思ったんだよね。失恋かなんか？」

「違う！」

ごまかしているつもりだったのに下野は感づいていたらしい。ひやっとして、即座に否定する。

けれど——下野の推理は当たっている。

恋がはじまりそうな雰囲気なのに、失恋気分。自分でもよくわからない。仙川のことが好きになっているのに、端《はな》から相手にならないですよねと萎《しぼ》んだ感じ。

——自分に自信がないから、どーんといけないってこと？

キスまでされておいて、こんなに後退《あとず》さるのもどうなんだとも思うのに。

仙川は死別した妻のことを愛している。あんな顔で亡き妻のことを「愛してなかった」なんて言われても信じられないし、かえって秀真も怯《ひる》むだけだ。

――というより、あんなときに聞いた俺が悪かった。

それでも聞かずにはいられなかったのだ。恋した相手の過去にまで嫉妬するなんて、秀真にとってははじめての体験だった。

「否定が早すぎて、あやしいなあ」

下野が苦笑している。

頭の一部がごっそりと誰かにもぎ取られたみたいになっている。穴が空いて、脳のなかがスカスカになった感じだ。海綿みたいに、細かな穴があちこちに空いて、そこから大事なものが零れ落ちていく。

気を取り直して――なにかもっと気持ちに優しいものを思いだそうとして――。

ふと脳裏に浮かんだのはやっぱり仙川なのだ。

仙川の笑った顔だった。

正確に言うと――笑顔で仙川が差しだすケーキの箱だった。

――あの人、俺がケーキの箱を開けると、なんでか笑うんだよな。

秀真の頭のなかにふわりと降りてきた仙川の表情は、優しいものだった。

「前のとき、下野さん、俺のこと置いて帰ったよな？」

「前のときがいつかわかんないけど、置いて帰ったっていうか、野津くんが私を送ってくれなかったっていうのが正しいんじゃないかな。女子を送らない男子ってひどくない？」

「それは……」

言われてみれば、そうかも。

「別に野津くんに送られたいなんて思ってないから、いいけどね」

「ひどいなあ」

「ひどいのは野津くんだって」

「俺か？　そっか。俺かもな」

うんうんとうなずいて、さもわかっているかのように聞きながらも、下野がなにを言っているのかの意味を読み取れなくなっている。とりあえず意味がわからなくても聞いたふりをして、うなずいておく。

「俺が悪いんだよ。たぶん」

「たぶんってつけたら、信憑性《しんぴょう》なくなりますよ。たぶん。……っていうかその言い方、腹立つ〜」

そのままループでいくつかの話題がくり返される。典型的な酔っぱらいだ。

頭の裏側に空気穴が空いている。なにを言っても——言われても——言葉が零れ落ちて、抜

けていく。

「ん……そう。いや、なんだって？」

「それはこっちの台詞です」

下野がとうとう怒りだす。

「だから……ひとり飯もいいんだっていう話で」

呆れた声で下野が「野津くんは酔うと面倒臭い」と切り捨てた。

「だったら私もひとりで飯食っとけっていうこと？　すみませんね私が相手で」

「んなこと言ってないし」

「私だってできたら野津くんじゃなくもっと違う人とご飯食べたいよ。スーツの人がいいな。男のスーツ最強。それでいくと、女もやっぱりスカートなのかねー」

「うん。そうだな～」

カーゴパンツにシャツの秀真に「男スーツ最強」とへらへら言うのもどうなんだと思うが、女はスカートに同意している分、秀真も同罪。下野はたいていパンツスタイルだ。

「そこ、同意する？　あーあ。年は取りたくないな。女は見た目だから」

「うん。そうだな。女は見た目だよ。たぶん」

「その点、男は見た目じゃないよね。甲斐《かい》性とか根性とかなんかそういうもんだよね、たぶん」

いつのまにか語尾に「たぶん」とつけると、若干の棘《とげ》が混じっている台詞も大丈夫というルールができあがってしまっていた。男に甲斐性、女に見た目と若さを、異性が重要視して言うのはあまり褒められたものではない。たぶん。

下野は遠慮なしに秀真を刺す。へらっとした笑顔で「翻訳の先輩の仕事、こないだ奪ったんだ。でも仕方ないよね。私のほうが仕上げた文書がスマートで早いんだから。実力で奪ったんだから仕方ない」と言う。

少しは気に病んでいるらしい。人の職場を荒らすような形になったけど、最初は先輩がその仕事してるって知らなかったし、私が入ったことでその人の仕事根こそぎ奪っちゃったなんてわかんなくて。でも選んだのは私じゃなくて取引先の会社で、私のほうが有能だったからどうしようもなくて。

うん。そうだよね。仕事できるほうを選ぶのは仕方ないよ。きみが気にすることじゃないよ。たぶん。

「もう仕事できちゃってすみませんって感じで。でも私だって先のこと考えると暗くなることもあるよ。だって自由業じゃない？　会社に勤めてるんじゃなくて自分で仕事もらってくる立場だから、これでいつまでやってけるかなーって。出来高制じゃなくて会社員になったほうがいいのかなって」

秀真からしたら羨ましいような話を、自慢ではなく、不安と悩みとして語る下野の話にいちいち同意しては「たぶん」とつけ足して、笑う。有能なせいで周囲を追い落としてしまいましたでも悪気はなかったんです、すみません。それでも将来は不安です。怖いから会社員になろうかな。なればいいいんじゃないかな。たぶん。

「野津くんもやりたいことやってるんだよね〜。いいな〜」

なにがいいかわからないけど、いいんじゃないかな。たぶん。

「あ、だけどね、企業翻訳メインなんだけど、でもこないだ青山先生が新聞の書評欄を一緒にやらないかって言ってくれたのよ〜。それはちょっといいなって思って。親なんかだと、新聞に名前載ったって言うと喜ぶし」

「そ……うなんだ」

先々月に、仕事増やしたいんですけどなんて相談したときにも青山は秀真にはそんな話を欠片《かけら》もしてくれなかったというのに。下野にその仕事を渡すなら、決して順風満帆ではない秀真に寄越してくれれば。

引っ越し祝いで鉢植えの植物を贈ってくれるより、仕事を斡旋《あっせん》してもらえたほうがどれほどありがたいかなんて、せこいことを考えてしまう。

「他にやる人いますよねって言ったけど、私がいいからって」

衒《てら》いなく自慢できる下野の神経に感心する。愚痴りながら「私ってすごいでしょう」を混ぜ込めることができるのは、自分に絶対の自信があるからだ。そういう下野に鼻持ちならないと感じてしまうのは、秀真の毎日が充足していないからだ。

上から目線な発言が増えてきた下野にあわせて、秀真は地面に穴でも掘って埋まりたくなる。

――どうしようもないな。

絶対的な不幸でもなく、ささやかな不幸ゆえの自虐がとまらない。明日も知れないぐらい逼《ひっ》迫《ぱく》した人生なら開き直れるが、そういうわけでもなく、当たり前に不幸せを噛みしめているだけ。それで、いじけているだけ。なにもいいことがなくて、切ないだけ。

安い居酒屋にいったはずなのに、ぐいぐい飲んだので会計が想定していた金額をこえた。ふたりでよろけながらレジに向かい、奢《おご》るつもりでポケットから出した札が、足りない。丸めた札をのばして店員に渡し「あー」と、低くうめく。

「あ、出します。半分」

それまでしたたかに酔っていると思っていた下野が、しゃっきりした声を出し、鞄《かばん》から財布を取りだす。もごもご「すまない」とつぶやいているうちに会計が済んだ。

すまなくなんてないよと、自分の台詞を内心で否定する。下野は稼いでいて、人の仕事を奪える実力者で、新聞の書評まで頼まれちゃって、抜きんでてるんだし、そういう人間には奢ってもらってもいいんじゃないのか。酔っぱらって、自慢にしか聞こえない愚痴を吐いてるのかと思いきや、そうでもなさそうだし。

なんて考える自分のちいささをまた実感し、うんざりする。なんだろうね。いちいちうざい男だよ俺は。

店を出ると、いつのまにか小雨が降っている。

「本降りになる前に帰らないと。走ったら終電に間に合うかな」

夜空を見上げた下野はそうつぶやいてから、店員に渡された釣りを秀真に押しつける。

「いや……いいよ」

押し返したら小銭がアスファルトの道路に音を立てて飛び散った。街灯に照らされた濃いグレーの路面に散った小銭が、まばらに光る。先刻までゆらゆらと揺れていた下野が背筋をのばして秀真を見返し、苦笑を浮かべる。

「——野津くんて意味ないところで見栄《みえ》っぱりだよね」

「え？」

下野がしゃがみ込んだ。細い首筋に、細い腰。華奢《きゃしゃ》な背中が丸まり、道路に這《は》いつくばる。ポツポツと路面に黒い水玉が描かれていく。暗がりに落ちて探しづらい十円に至るまで探しだして拾うと、下野は秀真へと向き直る。

陰になって、表情はよく見えない。

「それに、野津くんは顔にみんな出るから、私に興味ないのもはっきりわかっちゃって、むかつく。自己保身に長《た》けてて、人の気持ちに鈍感で、ずるいくらいに受け身」

「は？」

唐突に罵《ののし》られ、ただでさえガタがきている思考が完全に停止した。

「なんてね。――乗りそびれるとタクる金ないんで、駅まで走るから。うち終電早いんで。それじゃあ、今日はどうも」

ぺこりと頭を下げて、走っていく。

「あ……」

秀真こそ、電車に乗りそびれると帰れない。なのに下野の走り去る背中をただ見送っていた。スポンジみたいになった脳の穴のところに酒が満ちて、ぐだぐだだった。

下野の姿が消えてから、はっと我に返る。ここでぼーっと突っ立っていてもどうしようもない。むしろ秀真も走らないと。

雨が強くなり、路面が黒く濡れていく。久しぶりに真剣に走って、どうにか駅に駆け込んだのに――ぎりぎりで終電を逃がしてしまった。

下野が、秀真に「一緒に走ろう」と言ってくれたら。いや、そうじゃなくても、下野をぼんやりと見送るのではなく、後を追いかけていたら。

閑散とした駅のホームで途方に暮れる。

徒歩圏内に実家があるから、帰ろうか。子どもがいるせいでいまの実家は就寝が早い。鍵《かぎ》も持ち歩いていないし、インターフォンを鳴らして起こして開けてもらうのは、気が引けた。

だとしたら、来ない電車を朝までベンチに座って待つしかないのだろうか。その前に駅員が来て、秀真に帰宅を促すのだろうか。

と——携帯が、鳴る。

メールの確認をする。仙川だ。

仙川のメールだけが受信トレイに積み重なっていく。他の誰からも連絡なんてない。誰かと会おうとしても、別れ際にしっぺ返しをされて、こうやってひとりで疲れはてて夜明けを待つはめになる。なんで？　秀真はなにか悪いことでもしただろうか。

情けなさすぎて、自己嫌悪だ。実際、秀真は意味のないところで見栄っぱりなんだろう。ただ、あのタイミングで下野にあんなふうに言われるような、なにをしたかがわからない。

『仙川です。昼は大人げなかった。ごめん。明日また、きみに用事がなければ、きみの顔を見にいかせてください』

文章が、仙川の声をともなって脳内で再生される。眼鏡を押し上げて、冷たいんだかあたたかいんだかわからない、だけど綺麗な目で秀真を見つめて、ちいさく笑う仙川の姿を思い返す。

——謝っちゃうんだ、この人。

器がちいさくて、どうでもいいことで見栄をはって、ゲイのカミングアウトもできなくて、恋がはじまる前からうじうじして、好かれているのかもしれないのに好かれようとしないような秀真に対して——仙川は、謝罪をするんだ。

まぶたが重たい。気持ちが悪い。酒をたらふく飲んだ挙げ句、走ったりしたから。

返信のための文面を作る。

「ごめんなさい」

一語一語、口に出して、押す。濁点がつけられない。何度もくるくると押しつづけて文字を変換する。

「いまよっててきもちわるい」

携帯の操作がうまくできない。押そうと思ったのと別なボタンを押して、消して——たったそれだけの文章を打つのに時間がかかる。最後に送信ボタンを押したら、とろりと瞼《まぶた》が落ちた。

そんなこと訴えてどうなるっていうの？　なんのための報告なんだ。気持ち悪いとか飲み過ぎたとか。

——だって他に言える相手もいないし。

だから、仙川に伝えられることが嬉しいような気がした。他愛もない酔っぱらいのメールを打てて、報告できて、それがびっくりするほど身に沁みた。

できるならいますぐここに来て。迎えに来て。

念じてみた。それはさすがに、ない。

秀真はそのまま目を閉じる。どうしようもなく、眠い。

「え？　なんで」

揺すぶられて、目覚める。暗いホームで、仙川が屈み込んで、秀真の顔を覗き込んでいた。

「しりきれとんぼで呂律《ろれつ》のまわってなさげなメールがきたから」

「でも、なんで？」

「携帯にはいろいろと便利な機能がついている。勝手に操作して登録したのは悪かったけど、きみの位置情報を確認したら、俺の家からありがたいことに近かったので」

「位置情報？」

なにを言われているのかさっぱり理解できない。

「起きて、うちに来なさい。ここで寝てはさすがに寒い」

腕をつかんで引き上げられた。ぼんやりと夢うつつだったのが、仙川に触れられることでクリアになった。現実に引き戻されたような気がした。

なんだろうこの男は、と仙川をまじまじと見る。いますぐ来てと念じたら本当に来た。どこにいるかを伝えてもいないのに勝手に捜してやって来た。

仙川に引きずられ、駅を出る。いつのまにかどしゃ降りになっている。叩きつけるような雨のなか、すぐ前に停《と》められている車に押し込められた。ぼうっと座っていたら、シートベルトをされる。ついでのようにして、頬をさらりと撫で「困った人だ」と仙川がつぶやいた。

「雨に降られて、どこもかしこも濡れてる。かわいそうに」

仙川が秀真の手をつかむ。

「かわいそうなんかじゃ……」

かわいそうなんかじゃないと言い返そうとして、言葉を止める。自分はかわいそうなのかもしれないと思ったからだ。絶対的な不幸ではなく、ささやかな不幸せにあちこちを突き回され、自分で自分を嫌いになって、雨降りの夜に酔っぱらってひとりきりでさまよっている。

好きになった人に対しても「好きになってもいいのか」と身構えて。うじうじして最低で。甘えているだけじゃないかと自分を叱咤《しった》する理性もある。けれど、甘えてもいいじゃないかと、だだをこねたい自分もいるのだ。もっと甘やかされたかったのに人生が秀真に冷たくするんだと、逆ギレしてじたばたと暴れたい。我が儘《わがまま》ループ。いい年をして馬鹿みたい。

違う。

いい年だから、もうこの先の未来に幻想を抱けないから――たまには甘い目を見せてくれよと念じるのだ。いいじゃないか。まったく努力しなかったわけじゃない。相応に頑張って、でも報われなくて――挫折《ざせつ》がいくつも積み上がってきて、積み木の塔みたいに縦に重なっている。最後のひとつのささやかな挫折の積み木を載せたら、塔のバランスが崩れて崩壊する。そして、ひとりで泣く。

そんなときに――甘やかしてくれよって願ったっていいじゃないか。

仙川は柔らかく微笑んで、秀真の髪の毛をくしゃりとかき混ぜた。

「車、酔うんだよな」

「うん。……でも窓開けたらいいんだ」

「知ってる」

秀真の側の窓がするすると降りていく。少しだけ開いた窓から外気と雨が入り込む。雨の滴がぽたぽたと秀真の手や頰を濡らす。

車がスタートする。

「ついたら起こすから寝てていいよ」

なんで——素直に、仙川の車に乗ってしまったんだろう。眠たくて、酔っぱらってて、どうでもよくなっていたから。でもそれだけじゃなくて——。

秀真は考えることを放棄して、目を閉じた。


次に目覚めたのは、車が停止し、助手席側のドアが開けられたとき。仙川が秀真の手を引いて走る。雨は強く、肩や背中に食い込むように降ってくる。

夏の蒸した空気のなか、雨の滴は痛くて、冷たい。

激しい雨音と冷たい雨が、秀真の身体を覚醒《かくせい》させる。なのにすべてがどこか幻みたいで、現実感がない。

仙川は秀真の手をずっと握っている。靴を脱ぐときですら、仙川は秀真の手を離さない。

「手」

振りほどくのは悪いような気がして、ぼそりとそう訴えた。聞き返すようにこちらを見る仙川に向かって続ける。

「脱ぎづらい」

「ああ」

手を離した仙川がそのまま秀真の足下に屈み込む。秀真のスニーカーの紐《ひも》をほどき、靴を引き抜こうとする。

「自分で脱げる」

「ああ」

ふらふらと上がり込み、仙川の後ろについて廊下を歩く。

「気分は?」

振り返った仙川が言う。

「よくない」

「水を飲むといい」

どこで用意したのか、仙川は片手にペットボトルのミネラルウオーターを持っていた。蓋を開け、秀真へと押しつける。じっと凝視され、飲むことを求められているのだろうと、口をつける。別に欲しくなかったのに、ひとくち飲み込んだ途端、自分の身体が水分を求めていることがわかった。半分まで飲んで、口を離す。仙川がボトルを引き取り、蓋をしめる。

「ここ、どこですか?」

いまさらの質問だ。

「俺の家。西荻のマンションよりこちらのほうが近かった」

「でも、どうして?」

「きみがメールをくれたから」

「だから、どうして?」

仙川はその問いかけには答えずドアを開けた。

床いっぱいに本の散らばった部屋を見て秀真は足を止める。

仙川は器用に本の山を避けて進み、振り返る。酔っていなければ秀真にもできるだろうが、いまは平衡感覚もおかしくなっていて——。

本の山のひとつを蹴飛《けと》ばして躓くと、仙川が秀真の手を取って支えた。

「危なっかしいな」

「……違う。これは」

本で山脈を作っているからだと睨《にら》みつけると、仙川が笑う。

「違わない。きみは危なっかしい。おいで」

手をつなぎ、奥の部屋へ連れていかれ、ベッドへと押し倒された。ベッドのスプリングがしなり、肩を押さえつけられた秀真は、仙川を見返す。なんでベッドに寝転がされているんだ？だいたいなんで素直に仙川の家になんて来たんだ？　秀真のやっていることと、思うことがバラバラで、辻褄《つじつま》があわない。

いや、辻褄はあっているのか。

仙川のことを好きになって、好かれたくて、甘やかされたくて――けれど自信もないし、だいたい次はもっと劇的な恋をしたいなんて馬鹿みたいな夢を見て……。

――って、これ、劇的な恋だよ。

思いついて、ポカンとしてしまった。

仙川との出会いから、いまに至るまで、劇的じゃないか。起こり得るすべての数を分母に、事象Aを分子にした数学的確率として――仙川と秀真がコンビニ前で遭遇する確率はいくらか。

「かわいそうに。こんなに濡れて――」

仙川が優しい声でそう告げ、秀真の髪を撫でたりするから――。

かわいそうにと言われると、かわいそうなんだと感じてしまう。かわいそうにと思われることが、胸に沁みてくる。秀真はそう言われたかったのだ。かわいそうにと言われ、優しくされたかったのだ。理由なんてなんでもいい。同情でもいい。

仕事が報われなくてとか、振られて以降誰と恋愛もできなくてとか、真実の乾いた痛みじゃなく——どうでもいいような、他愛ないことで、優しくされたかったのだ。本質ではなく表層を撫でられ、慈しまれたかったのだ。

——好きになった人に、そうされたかったのだ。

誰にかわいそうと言われても心に沁みやしない。仙川だから、嬉しいのだ。

仙川から乾いたタオルを投げ渡された。ベッドに腰かけた仙川が、顔や髪をタオルで擦《こす》る。タオルごしに頭を包み込み、顔を近づける。

「雨の匂いがする」

ささやかれ、至近距離で目が合った。

仙川の眼鏡のレンズに雨の滴の跡がついている。汚れたレンズの奥で、切れ長のシャープなまなざしが細められる。汚れているのが、いいと思った。非の打ち所のない、完璧《かんぺき》な状態ではないほうがいい。ほんの少しだけある綻《ほころ》びが、秀真の感情を揺すぶった。

「仙川さんからも雨の匂いがしますよ」

かすれた声でそう返すと、仙川が「そうかな」とつぶやき、秀真にくちづけた。匂いを嗅ぐついでに、なんとなくキスをしたとでもいうような、軽いキスだった。唇と頬とこめかみとまぶたと——何度も、あちこちにくちづけながら、鼻先をすりつけてくる。

「……仙川さ、ん」

あまりにも優しく触れてくるから泣きそうになった。秀真はいままでこんなにも大切に扱われたことはない。仙川の唇は、秀真を濡らした雨の痕跡《こんせき》をかすめるようにして、吸い上げる。

仙川の指は、高価な宝石を慈しんで磨くように秀真の肌に触れる。

秀真の服を脱がせ、全身にもくちづける。ひとつ脱がせるたびに、あちこちを指先でなぞり、唇と舌で濡らしていく。

冷たかった肌がゆっくりと火照《ほて》っていく。

――好きだ。

この人が、好きだと思った。

好きになっていいですか、と、思った。

――見込みなくてもいいよ。好かれなくても、いいよ。この人と、寝たい。

舌で素肌に螺旋《らせん》をいくつかなぞられ、くすぐったさと淫靡《いんび》な快感の狭間で震える。

仙川の愛撫《あいぶ》は的確で巧みで、秀真はあっけなくその手管に溺《おぼ》れる。

酔っているのに頭の片隅だけは妙にクリアだった。かわいそうにという台詞で癒やされて、崩れるように仙川の体温にとらわれている自分の愚かさに失笑する。でも、甘やかされたかった。仙川なら、無条件で、秀真を愛して甘やかしてくれそうな気がした。

愛がどんなものかを秀真は知らなかったけれど。愛について考えてみても、これという答えは見つからなかったけれど。

愛じゃなくIのことだけ考えてきたここ最近の秀真に、愛の形を仙川が教えてくれるような気がした。錯覚なのかもしれない。それでも——。

「仙川さん……」

仙川が自分の衣服を脱いだ。

眼鏡を外し、傍らに置く。焦点の合っていた仙川の視線が、曖昧《あいまい》になる。仙川の視界のなかで、秀真は、ピントのずれたぼけた映像になっているはずだ。

甘やかだった感情に、欲望が混ざり込む。ひきしまった仙川の裸体を見た瞬間、この後の行為を想像し、欲情した。

仙川が秀真の頬に指を添える。撫で上げて、微笑む。

仙川の切れ長の双眸のなかに、残酷さが見えたような気がした。獲物をいたぶる獣のまなざし。欲情した男の顔だ。汚れたレンズ越しに見返した双眸は、優しく、蕩《とろ》けそうだったのに。

と——仙川は、下着だけになった秀真を抱きしめ、姿勢をかえる。くるりと身体の位置をかえ、タオルケットのなかで、秀真を横抱きして背後から抱擁する。

「え——」

「どうせ酔っぱらってきみは勃《た》たない。はじめが酔ったついでってのは、後で問題になりそうだから、しない」

——もっとちゃんとした状態で、きみを可愛がりたいんだ。

耳朶《じだ》を甘く噛み、濡れた台詞でささやかれ、秀真の芯《しん》が溶けていく。

仙川の腕がしっかりと秀真を抱え込む。スプーンみたいに寄り添って、重なった。秀真の背中が仙川の体温でぬくまっていく。仙川の股間《こかん》の強《こわ》ばりを背後に感じ、ずんと頭の一部が重たくなった。欲望を閉じ込めたまま、秀真を抱きしめて、我慢している背後の男に優越感を抱く。

いま、このベッドでは、庇護されている側のほうが強い。理屈抜きで実感する。

仙川に抱き込まれ、秀真は身体をちぢこませる。そうすると仙川が、丸まった秀真をより強く抱きしめる。ぴたりと貼りつくように重なり、秀真のうなじや後頭部や耳にくちづける。

「……どうして？」

「どうしても」

そう言って、仙川は秀真を抱く腕の力を強める。

「かわいそう……だから？」

車のなかでささやかれた「かわいそうに」という台詞が脳内でリフレインする。同情されるなんて惨めなはずなのに、仙川に包み込まれるように背後から抱擁されていると、どんどんそれが極上の台詞みたいに感じてくる。密着した肌から沁み込んで、心を満たす。

「きみだけじゃなく、俺もかわいそうだから」

「仙川さんは別にかわいそうなんかじゃないのに」

「きみが俺の命の恩人だから」

「命の恩人なんかじゃないのに」

「いや。あのとき、きみは、たしかに俺の心を救ったよ」

意味がわからない。

胎児のように丸くなって、目をつむる。ちいさくなればちいさくなるだけ、仙川が、秀真を甘やかしてくれるような気がした。仙川の体温のすべてが秀真の全身にいきわたるような気がした。

――奥さんがいたくせに。

姉に注入された情報を思い返し、毒づく。もしかしたら口に出したのかもしれない。仙川がより一層、秀真を抱く力を強めたから。

どうしてか目の奥がぎゅっと熱くなり、泣きそうになった。雑巾《ぞうきん》を絞るみたいに、秀真の身体をぎゅっとちいさく折りたたんだら、余った水分が目尻《めじり》から滲み出た。

秀真は、器量のちいさい役立たずのだめでかわいそうな男だ。

かわいそうに。

慰撫《いぶ》される気持ちのいい言葉であり――自分を突き刺す止《とど》めの言葉でもある。

背中越しに抱かれ、その抱擁に心地よくまどろみかけても――秀真は、仙川に向き合うことはしなかった。顔を合わせて、互いに腕をからめるような抱擁はしたくなかった。

数滴、滲み出た涙を顔を覆った手のひらで拭《ぬぐ》い去る。

自分を抱きしめてくれる男のことが好きなのに――怖くもあった。仙川の優しさが、秀真のなかの愚かさを暴き立て自虐的な気持ちにさせる。秀真の心の殻の固い部分を力尽くで割るのではなく、甘くふやかして、表皮のすべてを溶け剝がしてしまいそう。だとしたらそれは愛ではなく、毒なのではないだろうか。蜜《みつ》のような、毒で、秀真を溶かす。

それでも秀真は仙川の腕を振り払わなかった。できる限りちいさくなって、懐に抱えられ、目を閉じている。どろどろになった頭のなかで、素肌をとおして実感できる温《ぬく》もりだけを支えにして、眠りへと落ちていった。

背中が涼しいと感じて、覚醒する。目覚めたとき、仙川は、いなかった。秀真は、見慣れない部屋の、記憶にないけれど妙に寝心地のいいベッドで、横向きで眠っていた。カーテンの隙《すき》間《ま》から細長く光が漏れている。

立ち上がると、枕元《まくらもと》に仙川からのメモを見つけた。

『仕事があるので出ます。気持ち良さそうに寝ていたので起こさなかった。朝ご飯になりそうなものを用意したのでよければ食べていきなさい』

シャワーを使うときのタオルの用意や、ここの住所が書いてあるのはいいとして、タクシーでマンションに帰る場合の金まで置いてあることに苦笑する。

「……鍵は持って帰ってくれていいって」

しかも鍵をかけたら、それを持ち帰ってくれと書いてあった。

――鍵を、渡された。

手のひらに載った鍵が、ずしりと重たく感じられる。

カーテンを開けると、陽光が目に突き刺さってくる。まぶしさに涙が滲んだ。

丁寧に畳んで置いてある自分の服を身につける。金はそのまま置いておいた。電車で帰れるなら、その程度の小銭は持っている。

朝食はいらない。でも水は飲みたい。

ドアを開け、寝室からリビングへ向かう。仙川は二階の部屋を使わずにリビングの隣の部屋で就寝しているようだ。

昨夜、見た景色なのに――日の光のなかであらためて見ると、本当にこのリビングの惨状ときたらない。本で作られた山脈が床のあちこちに独自の地形を形作っている。そういえば面接をした研究室もそうだった。テーブルの上にも紙の束とファイルと本が無尽蔵に積み重ねられていて、スペースがない。仙川の几帳面《きちょうめん》さと気遣いは、人に対してのみ発揮されるものらしい。

仙川がいないのに、仙川の部屋のなかをうろつくのは、行儀が悪いことのように思えた。プライベートを覗き見する行為。仙川の痕跡の残るマンションの部屋で暮らしているのに、ここでそんな気になるのは不思議だが。

それでも水だけは飲みたくて、台所へと向かう。シンクだけはピカピカだ。用意してくれたという朝食はカップ味噌汁と目玉焼きだった。味噌汁にだけは食指が動いたが、それよりも水が欲しい。

目に見えるところにグラスやカップがなく、食器棚の前に立つ。

引き出しがひとつ、半端に開いて放置されていた。なんとなく閉めようとしたけれど、なにかがつかえているようで、それ以上、閉じない。

——まあこれは、いいか。

引きだしのことは置いて、

「ちょっと失礼します」

誰もいないけれどそうつぶやき、戸を開けて、手前にあるマグカップを取りだした。それがいちばん取りやすい位置にあったからだ。有名な北欧のキャラクターの絵のついたそれは仙川らしくなく、自然と笑みが零れた。こんなものが好きな一面があるのか。

けれど視線を横に向け、勘違いに気づく。

マグカップは揃《そろ》いで二個ある。茶碗《ちゃわん》や、椀《わん》もそれぞれに二個ずつ。常用しているだろう食器は、どれも二個セット。

——五年前だっけ。奥さん。

亡くなったという妻がこれを揃えたのだろう。可愛いマグカップもその妻の好みに違いない。

それをずっと替えもせず、目に見える位置に置き、五年ものあいだ使いつづけている。

もやっとした暗いものが胸を過《よ》ぎる。

かつては結婚していたのなら仙川はゲイではない。その相手が亡くなって、いま寂しい思いをしているのは事実だとしても、好きになる相手は秀真じゃなくてもいいはずだ。

昨夜、セックスしなかったのも、秀真が男だからなのでは。

そう思うと、昨日の優越感がしゅんと萎んでいく。昨夜は、好きな男に抱擁されて、幸福だった。蒸し暑い夏の夜に、エアコンの音を聞きながら目を閉じて、仙川の体温に心地良さを感じていた。

同時に、コンプレックスのようなものを刺激されて、仙川を憎くも感じていた。

優しくして、呼べば飛んで来てくれて——。

嬉しいのに、どこかで信じられないようなこの気持ち。

「……わからないな。なに考えてるのか、まったくわからない」

仙川も、自分も。

5

夏のいちばん暑い時期を越えて、少し過ごしやすくなる。

仙川《せんかわ》から好きだと言われもせず、自分も伝えないまま——仙川の訪問が、途絶えた。

仙川の家で介抱されたあとで、仙川宛《あて》に「お世話になりました」とメールを出した。その返事には、特に変わりはなかったから、多忙で時間がとれないだけかもしれない。

『どういたしまして。あまり飲み過ぎないように』

なんの変哲もない仙川からのメールを何度も読み直す。その後で、仙川の家の鍵《かぎ》を次に会ったときに返却するとメールを出した。

『返さないで持っていてくれてもかまわない』

文面だけ見ればそっけないが、これがどういう意味合いを持つかを考えて、秀真《しゅうま》は両手で顔を覆った。仙川の家に自由に行き来してもいいという意味なのだろうか。

だから「じゃあ、たまに掃除にいったりしますね」と笑顔の顔文字つきで答えた。

『どうしてみんな俺の部屋の掃除をしたがるんだろう』

やはり笑い顔つきで返事が返ってきたので「みんな」って誰だろうと苛立《いらだ》って「じゃあ掃除しにいきません」と即答した。

『そんなこと言わないで来てください。鍵は預けておきます』

素直に「はい」と応じればいいだけなのに、返事に詰まった。

そうしたら——それきり仙川からの連絡が途絶えてしまった。

——こんなことばかり考えてる場合じゃなくて、働かなくちゃ。

仙川のことから思考を逸《そ》らして、現実的なことを考えようとする。

ペットフードの会社が必要としていた動物の病気に関連した研究書の翻訳を終え、次の仕事を探すべき時期だった。

秀真は、いくつかの翻訳者斡旋会社に登録をしている。最初の登録試験だけは実際に出向いて受けたが、登録されて以降は、メールでの依頼を待つだけだ。

あとは青山《あおやま》から紹介してもらう小説の下翻訳。それから同じく青山のツテで出版社から持ち込まれるリーディング仕事ぐらい。

——下野《しもの》さんは、新聞に書評出すのか。

下野とのぐだぐだの飲み会のときの会話の断片が、頭の片隅に引っかかっている。自分がぼんやりとしているあいだに、下野はどんどん新しい仕事を勝ち取っていっている。

「置いてかれてるって落ち込んでばかりじゃ、だめだよな」

自分を鼓舞するためにそう口に出してみた。

酒のせいもあって悲しくなって落ち込んで、仙川にまで醜態を見せた。そうしたら仙川が理由も聞かず、秀真に優しくしてくれた。

思い返すと、頬《ほお》が熱く火照《ほて》る。

おとなになってから、あんなふうに無条件に甘やかされるなんて、皆無だった。だから、胸に沁みた。

でも——このまま、だらしなく流されてちゃだめなんだ。

引きこもって誰にも会わないままでいようと思えば、いくらでもそうしていられる環境だ。だからこそ、動かないと。

秀真は、立ち上がると、書棚から仙川所有の本を一冊ずつ引き抜いて、パラパラと捲《めく》ってみた。専門的な経済関係の本は秀真には歯が立たない。ちらっと読んでみたが、うまく頭に入ってこない。

仙川の著作物も、書棚の端のほうに置いてある。そちらを手に取り、少しずつ読んでいく。

仙川の声で脳内再生される文章が秀真の心に活を入れる。

仙川にエネルギーをチャージしてもらった。ならば癒やされて、与えられたエネルギーで自分を稼働させなくては。

「経済は愛で回ってるんだよな」

仙川の主張をつぶやいて——秀真は、携帯を手に取ると、師匠である青山へと電話をかけた。

二時間後——秀真は、青山の家にいた。

電話で都合を聞いたら、今日ならば時間があると即答されたためだ。

「野津《のづ》くんが相談がしたいなんて、珍しいわね。どうしたの？」

おっとりとした話し方で青山が言う。青山は五十代後半。行動は素早く、わりと粗忽《そこつ》なのに、口調だけはいつもゆったりとしている。頭の回転の速さに口元がついていっていないとは本人の弁。自ら認めているが、才媛《さいえん》だ。

どうしたのかと聞きながら、秀真の返事を待たずに話しだすのが、いつもの青山である。

「そういえば下野さんとこのあいだお酒を飲んだんですってね。どうして私のことは誘ってくれないの？　仲間はずれにしないでよ」

「仲間はずれなんて……」

困惑して答えつつ——下野は、青山とまめにコンタクトを取っているのだなと思う。このあいだ飲んだという情報がすでに青山に知られている。

淹《い》れてくれたお茶の湯飲みを手にとって一口飲んだ。

テーブルの端に、雑誌が積まれているのを、見るともなく見る。ファッション雑誌と週刊誌と文芸誌と、脈絡がない。

「……というか、仲間はずれなのは俺じゃないですか。下野さんから聞きましたよ。新聞の書評欄を下野さんと青山先生とでやることになったって。それ聞いて、もう無理かもしれないけれど、お願いに伺いました」

深呼吸をひとつして、雑誌の山から視線をはずし、青山を見つめる。

「俺もその仕事させてください」

姿勢を正して、膝《ひざ》に手を置いて、すっと頭を下げて頼む。

「え……下野さん、そんなことまで話したの？　それ、下野さんがそう自分で言っていたの？」

青山の口調が硬くなった。

「あ、いや」

慌てて顔を上げた。まずいことを言ってしまったのが気配で伝わってくる。

「ごめんなさい。それを知っているのは、あなただけ？　まだそれは、決定じゃないのよ。正式に決まっていないことなのに先に周囲に言われるのは、私も困るわ」

しかし下野は特に口止めもしなかったし、決定事項として意気揚々としていたのだがと、混乱する。

「その場にいたのは俺だけです。それにもしかしたら決定したたじゃなくて、内々で言われてて嬉《うれ》しい程度だったのかも。俺も酔っていたから」

頭のなかに溜《た》まっている下野との会話をふるいにかける。いや、決定したのだと下野は断言していたはず。細かいところは零《こぼ》れ落ちてしまったが、あれは胸に痛い言葉だったから絶対に聞き間違いではないと思う。

けれど、酒の上での出来事だし、酔って聞き逃した部分はあるかもしれない。

「そうね。まあ、聞いちゃったものは仕方ないし、最初に私に言ってくれてよかった。でもこれ以上は広めないでね。下野さんにも釘《くぎ》を刺しておく。私に名指しで書評の仕事が来ていて、それを下野さんと交替でやってもいいのかしらねっていう話は実際に進んでいるの。ただ、向こうは私だけにやってもらいたいみたいで。知名度の問題があるから」

「そう……なんですか」

胃のあたりにぐさっと「知名度の問題」という台詞《せりふ》が刺さった。翻訳家として著名な青山の名前で記事が欲しいのは、当然のことだ。

無名の秀真なんて「仕事ください」と訴えても、どうしようもないのだ。

「野津くんに言うってことは、下野さん、よほど嬉しかったのね……」

考え込むように青山が言う。

「そうですね。下野さん、嬉しそうでした」

気負って、書評の仕事を俺にもくださいと頼みに来たのに、予想外の返事で腰砕けになってしまった。

——なんで俺、ここぞってところで決められないんだろう。

がくりと肩が落ちる。

「それで、相談ってのは書評の仕事を、下野さんだけじゃなく野津くんにも回してってことだったのね」

「はい。……知名度はないので、難しいですよね」

無意識にため息が零れた。

「私だって知名度があるわけじゃないのよ。仕事歴が長いだけで」

「長くつづけていたら、青山先生みたいになれますか?」

暗い声が出た。

「長くつづけていくこと自体が難しいのよ。小説の翻訳だけでは食べていけないもの」

「わかってます」

噛《か》みしめるように、つぶやいた。

「だから——もし、チャンスがあるなら、俺になんでも仕事を回してください。新聞の書評も、下訳も、ハーレクインも。努力しますから。女心も勉強します」

あらためて、自分に言ってきかせるようにして、つづけた。なんでもやらないと、前に進めない。知名度は、なにもしないで得られるものじゃない。

「女心は努力で得られないから。だいたい……あれよ、下野さんは野津くんに振られましたって泣いてたわよ」

苦笑と共にそう言われた。

「振られた？」

なにを言われているのかさっぱりわからなかった。

「前にね、今後はライバルとしてだけ野津くんを見ることにしますって、わざわざ私に宣言していきましたよ。けなげだわね」

「ライバル？」

顔を上げ、青山を窺《うかが》う。

「最初のときに、医療関係の翻訳で企業登録したじゃない？　野津くんは試験に受かって登録したけど、下野さんは不合格だったことがあったでしょう。あのときに『野津くんをライバルにする』って宣言してたのよ。悔しいことをバネにして頑張るタイプだから、具体的なライバルがいたほうが楽だからって。有言実行ね」

「そんなふうに言われたことないですよ？」

「そうなの？　私にはそう言ってましたよ。ねちねち言うんじゃないから、下野さんはいいわよね。つい応援したくなっちゃう。下野さん、野津くんのことずっと好きだったのよ。いいライバルだと思って見ているうちに、意識していったんですって。でもあきらかに見込みはないから告白もしないし、諦《あきら》めたんですってよ。惜しいことしたわね」

咄嗟《とっさ》に理解できなくて、一拍置いてから、返した。

「そんなこと欠片《かけら》も話してませんでしたよ」

下野が秀真を好きだったって？　でも見込みがないから諦めて、仕事のライバルになることにした？　まさか。

「鈍感な野津くんが気づかなかっただけだと思うのよね。余計なお世話だけど、下野さんの言動を意識してみてごらんなさいよ。たまには恋をして、女心を学んでもいいじゃない。努力しますって言うのなら……。って、下世話なお節介ね、これ」

「いや……」

狼狽《うろた》えて、言葉が出てこなかった。

鈍感さをあげつらわれた。仕事の朋輩《ほうばい》だと思っていた下野が、青山に恋愛相談をしていたなんて想像外だった。

――わかってないにも、程があるってこと？

自分に、呆《あき》れた。

もしいま言われたことが本当ならば――秀真は鈍感で、下野の感情を読み取れなかったということだ。青山に説明されて、下野と酒を飲んだときの別れ際の台詞の意味がやっと理解できた。青山に言われない限り、思いつきもしなかっただろう。そんな秀真の性質をわかっているから、青山は、わざわざ弟子たちの恋愛模様に口を出したのだ。本来、青山は、こんなことに口を挟むタイプではない。

自分が出張らないと秀真が悟ることはないから、下野のために、あえて下世話な女の役を買って出たという話だろう。

——もし下野さんが俺を好きだったっていうなら。

失恋のやけ酒に呼びだして、のらりくらりと話を逸らしながら愚痴と鬱憤《うっぷん》を晴らしていた秀真は、最悪じゃないか。だから下野は機嫌が悪く、感じも悪かったのか。他人の感情の機微に疎い自分に落胆する。

鈍感さはときとして罪だ。

「下野さんのことは友だちとして好きです。それ以上じゃないが、尊敬してる。でも少し恨んでました。俺よりうまく働いていて、いいなって妬《ねた》んでた。俺にしてみたら突然すぎて……その……」

青山は黙って聞いている。

「それに、俺は恋をしても女心はわからないままだと思います。恋しても、鈍感さは変化しないんじゃ……ないかな。だめですね。女心だけじゃなくもっと人の気持ちをわかる人にならないとだめですね」

動揺したままそう口走った。

「……つまり、野津くんは、いま誰かが好きなのね」

「え……？」

虚を突かれた。

無意識に返した台詞から、秀真の感情を読み取った青山に、驚く。思い当たるから即座に、反論できなかった。

——仙川さんが、俺を好きじゃなくても、俺は仙川さんが好きだ。

まったく関係のない相手との会話で、そこに思い至る不思議。

青山がちいさく笑った。

「経験したことすべてが翻訳のセンスにつながるのよなんて言い張るつもりはないけれど——なにかが変わるかもしれないわね。実際、前だったら、うちに来て直に仕事をくださいなんて言ったことがなかったし」

「そ……うですか。むしろ、いつも仕事をくださいって言ってるような」

「人づてで聞いた情報だけで、その仕事を自分にもさせてくださいって言ってくるようなアグレッシブさはなかったわ。やりたい仕事があって持ってくることがあっても、その仕事を途中で人に取られたら、仕方ないなって笑っていたのがいままでのあなたよ」

青山の言葉が秀真のなかにずしんと響いた。

下野に言われた「変なところで見栄《みえ》を張る」という台詞とつながる。自覚していなかった自分の欠陥を抉《えぐ》られて、秀真は無言になる。

少しの沈黙のあと、青山がぽつりと言う。

「お茶がぬるくなったわね。淹れ直してくるわ」

「いや、おかまいなく」

さっき淹れてもらったばかりの茶なのに、淹れ直すというのは——青山はもうこの話を秀真としたくないという意志表示なのだろう。

「野津くんがかまわなくても私がかまうのよ。私は熱いお茶が好きなの」

青山は自分の湯飲みだけを持って立ち上がった。秀真の湯飲みも下げられたなら「俺がします」と言うこともできるが、青山の湯飲みだけを持っていかれると、追いかけるのも変な気がして、動けない。

——気負って来たのに、収穫なしだな。

あとは四方山《よもやま》話《ばなし》をして「なにかあったら仕事ください」と伝えて、帰ることになりそうだ。

浮かしかけた腰をまた椅子《いす》に落とし、気落ちしたまま、テーブルの端の雑誌をなんとなく手に取る。

「……週刊誌」

青山もゴシップ系の女性週刊誌なんて読むのか。パラパラと捲ってみた。表紙に掲載された見だしのどれにもさして興味は湧《わ》かない。

が——。

「あ……」

目次頁《ページ》に、仙川月久《つきひさ》という名前が載っていた。トップを飾るような大きな取り扱いではなく、いくつかあるまとめ記事のひとつだ。

思わず発売日をチェックする。昨日発売の雑誌だ。

心臓がトクトクと音をたてる。

該当の頁を開く。一頁ほどが仙川についての記事だった。いわく——仙川月久の妻は自殺であったという内容。記者が入手した妻の遺書には、妻を顧みず愛さない夫と、それでも夫を愛しつづける妻の悲しみが綴《つづ》られていた。手書きの遺書の文末には『私の死んだあとに私以外の女性とは結婚しないでください。それだけが望みです』と記載されていた。『はたして妻が遺書に託した最後の願いどおりに、仙川月久は再婚をせずに生涯を終えるのでしょうか。興味を持って見守りたいところだ』という部分で目が泳いだ。

『生き甲斐《がい》本を多数出版し、生きる喜びについて語るイケメン准教授の妻が自殺?』

皮肉っぽく『妻は生き甲斐をもてなかったようである』と斜めにまとめられている。

週刊誌の同じ頁を何度も何度も読む。何十回目かにやっと事態が把握できた。

仙川の妻は自殺だったらしい。

それは事実だとしたらいろいろなことが腑《ふ》に落ちる。

だから仙川は奥さんのことを問われるとあんな顔をしたのかとか——出会いのときに「死ぬとでも思ったのか」と聞いてきて笑ったのかとか——死のうと決めた人を咄嗟《とっさ》に止められる自信がないから、そういうことをしようとした秀真のことを命の恩人だと思うと真顔で言ったことやすべてが——パズルのピースのようにストンとはまっていく。

——私以外の女性とは結婚しないでって言われたから、男と恋愛することにした？

まさかね。

まさか。

でも、そうなのかもしれない。

記事に書かれていることがどこまで真実で、どこからがねつ造なのかもわからない。

「どうしたの？　険しい顔して」

淹れ直したお茶の湯飲みをトレイに載せ、青山が戻ってきた。秀真の前にふたつめの湯飲みを置く。

「いや……青山先生、こういうの読むんだなあって」

「ああ、それ。仙川月久さんっていう経済学の人がいるでしょう？　あの人についての記事が載ってるって教えられたから買ってみたのよ。愛が経済を回すっていう理念は気になっていたから。でも、ためになる特集記事なのかと思ったらとんでもない噂話だったわね」

「そう……ですね」

「有名になると大変ね。ここに書いてあることが本当だったとしても、嘘だったとしても、見知らぬ人たちが余計な詮索《せんさく》をするようなことじゃないのにね」

新しく差しだされた湯飲みを手に取って飲む。舌が火傷《やけど》しそうな熱さが刺激になって、くらくらしていた秀真の意識をしっかりさせる。

鳥肌がたった。

本当だったとしても、嘘だったとしても――という青山の言葉が脳内でリフレインする。

――仙川さん、あなたはどうして、俺に優しくしてくれるの？

仙川はただ、最愛の妻が残した言葉をなぞっているだけなのではないだろうか。

青山の家を辞去したあとでも、秀真の脳内では記事の文章がぐるぐると回っていた。

意気揚々と出向いたのに、帰り際はぼんやりとしてしまっていた。仕事は回してもらえそうにもなく、下野についての話も衝撃で、さらに止《とど》めに仙川の記事である。

足の下にあった固い地面が唐突になくなってしまったような感覚を覚えた。気持ちが、どこまでもどこまでも落ちていく。そういえば秀真は、気のちいさな、暗い男で――。

「もとから自信なかったし」

ぼそりと弱音が口をついて出た。

──自信がないから、変なところで見栄を張って、飄々《ひょうひょう》として見せてたそんな男だし。

仕事でも、恋でも、同じだ。

それでも──秀真は、仙川が、好きだった。どうしようもないぐらい、好きになっていたのだ。

好きで好きで大好きなのにたぶん好きになってはもらえないいんだと思った。誰が書いたのかもしれない記事で混乱する。だって秀真は仙川の過去をちゃんと知らないのだ。

知っていると思っていたのに。

笑い方とか、声とか、優しさとか──わかっていることは多いと思っていたのに。

好きなだけで、信頼できるような絆《きずな》がない。細くて、いつでもプチリと切れてしまいそうな糸でしか、つながっていない。

『週刊誌の記事を読みました。あの記事はどこまで本当なんでしょうか』

──メールを送った。

次に会うまでのあいだじっと考えているのがつらかったから発作的に送ってしまった。

もうずっと会えてなくて──仙川の真意はまったく見えてなくて──。

返事は──来なかった。

それきり、仙川からの音信が、ふつりと途絶えた。

メールを送ったあとでデリカシーのないことを訊いてしまったことに気づいた。

気が変になるくらいに連絡が欲しかった。なのに仙川からはなんの連絡もない。

記事が事実でも、ねつ造でも——秀真はあまりにもデリカシーのないメールを送ってしまっていた。反省して、謝罪のメールも送った。それにも返事が来なかった。

——傷つけた。

顔を見て謝罪したくて、一週間、ストーカーみたいに家の前で待ってみたが、車庫には車がなく、人が出入りした様子が見受けられなかった。念のためにと鍵を開けてなかへと入ってみた。人の気配もない。

直接、会うことはできないのに、テレビでは仙川の顔を観ることができる。番組表をチェックして、仙川の出る番組はすべて観た。

「仙川さんて本当に有名人なんだなあ」

週刊誌の記事はあれきりで、他誌からの後追い記事は一切なかった。気になってネットでニュースを拾ったが、記事になったこと以上の事実はどこにも露出していない。

——あ、顔が、違ってる。

先週までは、録画された番組だったのだろう。仙川の様子に変化はなかった。が、今日の番組は、記事が出て以降に撮ったものなのか、仙川の頬がこそげて、いつもはない険が滲《にじ》みでていた。

目に見えて、顔つきがきつくなっている。

経済事情についてのコメンテーターなので、それ以外のことは話さない。事前に打ち合わせているのか、アナウンサーたちも仙川には雑談を含めて、経済以外の話題は一切、振らなかった。

仙川のコーナーが終わり、カメラがぐるりと方向を変える。

そのままぼんやりと呆《ほう》けてテレビ画面を凝視していた。「それでは次のコーナーは……」と、CMのあとの予告をアナウンサーが伝える。カメラが、スタジオ内を舐《な》めるように映していった。

一瞬だけ、無防備な仙川の姿が映った。

眼鏡をはずして、傍らに置いていた。斜め上を見上げ、眉間《みけん》を指で押さえ揉《も》んでいる。疲労が蓄積した横顔に、胸をわしづかみされる。

メールの返信が来なくても「心配しています」と一度だけ書いて出した。

それ以上は、なにも言えなかった。秀真には、仙川に対して不用意なことを告げるのが怖くて、言葉が出てこない。そんな自分に、苛立つ。

たぶん大学にいけば会えるだろう。夏休みで学校に顔を出さない可能性もあるから、事前に連絡をとる必要があるが。

ただ、職場に顔を出すのは気が引けた。メールの返事ですらもらえないのに、図々しく押しかけていくのはいいこととは思えない。

それは最後の手段にすることにして、次に秀真は、広瀬川《ひろせがわ》書店に様子を探りにいった。

動かないで、いられなかった。

眠れない。仙川のことが気になって、なにも手につかない。

「ああ、いらっしゃい」

広瀬川がむっつりと頭を下げる。

棚には目を向けず広瀬川に歩み寄り「仙川さんと連絡を取っていますか」と尋ねた。

もう取り繕ってなんていられなかった。

「一昨日、電話をもらった」

ズキンと胸が痛くなる。秀真との音信は途絶えたのに、広瀬川とは連絡を取り合っているのか。

「なんだかずいぶん暗い顔してるな、おい。週刊誌のアレ、読んだんだ?」

広瀬川の問いかけに、うなだれて小声で返事をする。

「それで本当ですかって仙川さんにメールしたら、返事をもらえなくなりました」

「そりゃあまた直截《ちょくさい》で、デリカシーのないことしたな」

広瀬川が苦笑した。

「はい……。反省してます。謝罪したけれど、返事が来なくて……」

好きになって、おかしくなっていたから、気持ちを押し止めることができなくなっていた。落ち込むことが重なってそのタイミングで仙川の記事を見たから――。

でも、それは言い訳でしかなくて。

広瀬川は「ああ、もう」と、レジ台に肘《ひじ》をついて、ぼやく。

「そんなにもしょぼくれた顔されると、宥《なだ》めなきゃならんだろうがっ。仙川もひどい顔でテレビに映ってたけど、きみもずいぶんひどい顔になってる。デリカシーがなかったこと反省してるんだな？」

「はい」

広瀬川がため息をついた。

「俺に訊きにきたのはなんだ？　週刊誌の記事なんて、なんでもおもしろおかしく書けばいいと思いやがって、それで傷つく人間の気持ちなんて無視してる。ショッキングな一文だけ抜粋して、その前後の文章は無視だ。センセーショナルになるようにねつ造してる」

「……あの記事は？」

「あの記事に書かれてたことの一部は本当だ。でもな、本当のことをあったままに羅列しても、真実とは違うものに変化することがある。あれはその一例だ。仙川の妻は死んだ。自殺だった。遺書があって、仙川に他の女とは結婚しないでくれって書いてあった。だから仙川はへこたれてる。でも仙川は、あの記事に書かれたようには悪くない」

「………」

「結婚はしたけど、仙川は、嫁さんに惚《ほ》れてたわけじゃない。嫁さんが病気になって、余命が告げられたときに、拝み倒されて結婚したんだ。一生に一度のお願いってのを、もうじき死ぬって宣告された友だちにやられてみろ。仙川はそのときに特定のパートナーがいなかったから、同情と友情で結婚したんだ。そのあとで彼女は、身体が動くあいだに自分の決着をつけたいって自殺した。下の世話までされた寝たきりになった姿を、仙川にさらしたくないからってさ。ありがとうって遺書には書いてあったんだぜ」

「な……んですか、それ?」

「最悪な女だろう? 我《わ》が儘《まま》な奴だったんだ。さらに最悪なのは、その女を、俺はずっと好きだったんだ。仙川のことだけ見てた女を、俺は中学からずーっと見てた。だから、彼女が仙川にプロポーズしたとき、俺も彼女に肩入れしちまった。一生のお願いなんだから、叶《かな》えてやってくれよって。俺も、最低だ」

吐き捨てるように、広瀬川が言う。

「仙川に寝たきりになった姿さらしたくないからなんて書いた遺書のせいで、彼女の両親は、仙川のことを恨んでる。他に恨む相手がいないから、どうしようもないんだろうな。仙川の名前が売れだしたときに、彼女の両親は自分たちの手元にあった遺書をゴシップ記者に渡したんだ。そのコピーがあちこちに流れて、いまだに祟《たた》ってる」

　広瀬川が自嘲《じちょう》するように笑った。

「それが、俺から見たことの顚末《てんまつ》だ。誰が悪いかって言ったら、俺がいちばん悪いんだよ。仙川は、いくらなんでも好きじゃないのに結婚なんてって断った。それを彼女のために結婚してやれよってゴリ押ししたのは俺だ。週刊誌の記者が叩《たた》くなら、仙川でも彼女でもなく、俺を叩けってんだ」

　なんと言っていいのかわからない。

　愛のない結婚。でも仙川はその相手を大切にしていた。

　彼女は死んだ。仙川に寝たきりになった姿をさらしたくないからと、身体が動くうちに自分で死んだ。

「仙川は、自分のせいで彼女が死んだって思い込んでいる。やっと最近になって立ち直ってきたと思ったのにな。なんでいまさら、また過去のことをほじくり返して傷つけようなんてするんだろうな。馬鹿みたいだ」

　――なんでそんなことが……。

　彼女の死を、仙川は自分のせいだと思い込んで、責めているのだろうか。

「仙川さんのうちにいっても帰ってきた気配がなかったんです。どこにいるんでしょう」

「地方に出張して、一昨日戻ってきた。もとから出張の予定が入っていたらしいよ」

「そうですか。——仙川さんはちゃんと……」

言葉が喉《のど》につまった。仙川がちゃんと眠れているのだろうかと、そんなことが聞きたかった。でも聞いてどうなる?

——俺は……。

「ちゃんと……戻ってくるんですよね」

「ああ」

広瀬川が眉をひそめて言う。

「地方から戻ってきてもいまは誰にも会いたくないから家に帰らず、ホテルに泊まるって、言ってたな。でもそれって——きみに会いたくないって意味だよな。ここのところ仙川が、家に呼ぶような相手は、きみしかいないはずだ。きみ、仙川の家の鍵を持ってるんだって? 鍵はそのまま持っていていいけど、仙川が留守のときに入らないようにって」

「そうですか」

侵入禁止。

言われても仕方ない。

わかっていることなのに——落ち込んだ。

広瀬川の言葉が刃物になって、秀真の胸を切りつける。

広瀬川は無言で秀真の顔を覗き込んだ。内側まで透かし見るかのように凝視し、しばらくしてから、嘆息する。

「仕方ないな。謝罪したいことがあるっていうなら、きみに仙川の居場所を伝えておくよ」

「え？」

「仙川があえてきみには会いたくないっていうってことは、きみに会っといたほうがいいんだろうなって思うから。あいつが五年ぶりに誰かを自分の家に招いたんだ。合鍵まで渡してさ……。きみの顔見るまでもやもやしてたけど、きみが死にそうな顔してるから……」

いつかの喫茶店と同じように、メモ用紙に、ホテルの名前と地図を書いてくれた。部屋の番号も書き、「今夜深夜過ぎ」と但し書きもつけてぐりぐりと二重線を引いた。

「今日、飯食いにいこうぜって誘ったら、今日は編集者と打ち合わせがあるから遅くなるって言われた。たぶん十二時前後になると思う。明日の予定は知らない」

渡されたメモを大事に手に取る。

「もしこれできみが仙川を傷つけたら、俺は、俺をもっと許せなくなる。頼むよ」

広瀬川が、低く、つぶやいた。

「ありがとうございます」

秀真は頭を下げた。他の言葉は出てこなかった。

秀真は、踏みしめるように道を歩く。

足が路面に貼《は》りついたみたいに重い。

――俺は、自分のことばっかりだ。

優しくしてもらってばかりで、なにひとつ仙川に返せていない。

仙川に対してだけじゃなく、もういい年なのに、周囲の誰の気持ちも慮《おもんぱか》れない。空気も読めない。

玉砕しても、仕方ないか。こんな自分じゃ、気持ちが届くはずないよ。

「だって、俺、ぶち当たってすらいない」

鼻の奥がつんと痛くて熱いのに、涙は零れてこない。泣いちゃだめだと思ったからだ。いま泣きたいのは秀真じゃなく、仙川だ。自分には泣く資格すら、ない。


秀真は一度、実家に寄って、自転車を借りてからマンションに戻り、夜を待った。

深夜になったら仙川がホテルに戻ると聞いたから、その時間を待って、それまでは小説の翻訳をした。

頭のなかが変に研ぎ澄まされているようで、翻訳が妙に進む。

――出版の予定はないし、ただ自分がやりたいってだけの翻訳だけど。

仙川に会った最初のときに「訳したい小説があるんです」と告げた小説だった。出してくれないかと持ちかけた編集者たちみんなに断られ、それで中断し、放置していた。とりあえずの金稼ぎの翻訳仕事を「本当にやりたいのはこれじゃないのに」とどす黒く思いながら働いて――。

そんな自分が嫌になる。

――変わりたい。

仙川が好きだから、変わりたい。

傷ついた仙川を支えられるような男に、変わりたい。

秀真は、車は酔うから乗らない。だいいち自動車免許も自家用車も持っていない。

けれど自転車なら乗れるのだ。

仙川がもしも後ろに乗ってくれたら、自転車を漕いで、どこまでも走ってみせる。

――仙川さんがいまどこに泊まっているのかを知っている。

教えてもらった。

なにも知らないのに好きになってしまったと思って落ち込んだけれど――知っていることもたくさんあるのだと思い直す。仙川の部屋を知っている。家も知っている。ハンバーグが好きなことを知っている。笑い方を知っている。ときどき暗い目をすることを知っている。

気分転換にドライブするのだと知っている。ひとりで車を運転して町内を巡回していたと聞いたことがある。瓶詰めのジンジャーエールが好き。友だちは広瀬川書店のオーナー。

——仙川が好きだ。

それだけで、良かった。

好きな男が、傷ついて引きこもっている。

いまはもう、自分になにができるかだけしか、知らなくてよかった。


夜になる。

ホテルに辿《たど》りついたときは軽く汗ばんでいた。

携帯を取りだして仙川の番号を鳴らす。留守電に切り替わったから『いまから、いきます。よければ、俺の愛車で気分転換のドライブしましょう』とメッセージを残す。

フロントをすり抜けて、エレベーターに乗った。

自分のやっていることが少しだけ怖かった。どう考えてもストーカー行為だ。

教えられた部屋番号のドアの前に立ち、呼吸を整える。

心に決めて、ベルを鳴らす。

——まだ帰ってなかったらどうしよう。

深夜零時少し前。

もしも仙川が戻ってきていないなら、ドア前で黙って待っていようか。ホテルの従業員に見つかったらつまみ出されるだろうから、見つからないようにしなくては。

静かに、胸のなかで、ゆっくりと数をかぞえていた。

十を過ぎたところで、チェーンをはずす音がして、ドアが開いた。

「……きみは」

眼鏡をはずした仙川が、そこにいた。

やつれた顔で、アルコールの匂いをさせて、立っている。

「よかった。いなかったらどうしようって思ってました。いても、居留守で、ドア開けてくれなかったらどうしようって思った」

「どうしてここが?」

言葉を探すように口ごもる仙川を見上げ、秀真は告げる。

「広瀬川さんに聞きました。ひどいメールを送ったから、顔を見てちゃんと謝りたいんですって言って教えてもらいました。メール、すみませんでした」

「いや、それは……こっちもきみへの返信をどうしたらいいのか考えてしまって、送りそびれていた。すまない」

顔を上げると、疲れた顔の仙川が、秀真を見下ろしている。

「それで……仙川さん、もしよかったら少しだけ、俺のドライブにつきあってください。仙川さんは気持ちを切り替えるのにいつもドライブするんですよね？」

秀真は、いままで、自分から強引に押していくことがなかった。なんに関しても、無理かもなと思うと手を引いて、逃げる。傷つきたくないから、玉砕を避ける。

――でも、当たって砕けるなら、砕けてもいいって今回だけは。

「そうだが、俺はいま酒を飲んでいるから運転は……」

「大丈夫。俺の愛車ですから」

秀真のではなく、姉の愛車だがそこは良しとしよう。

「きみの？」

不審そうに首を傾《かし》げた仙川の手をつかみ、外へと連れだす。仙川は「待って。なんで今日はそんなに強引なんだ」と、小声で叱《しか》りながら、カードキーを引き抜いた。

強引なときも男には必要なんですと、真顔で応じた。

自信はないし、笑われる可能性も高いが、やるだけやってみようと決めていた。

「……愛車？」

「これならこのへんをどれだけぐるぐる走っても、俺は車酔いしないです。後ろに乗ってください」

路駐した自転車を指し示し、提案する。

「待って。この年で、ふたり乗り？　荷台に乗れと？」

「だめですか？」

「だめだろう。道交法違反だったはずだ」

あっさりと拒絶され、気持ちが萎《しぼ》んだ。これならば秀真でも仙川の気分転換を手伝えると思いついたのに――。

「わかりました。じゃあ俺が走りますから、仙川さんが自転車に乗ってください。併走《ばんそう》します」

「どこの高校の部活動なんだよ。しかもこんな深夜に」

仙川が呆気《あっけ》に取られ――次に、笑った。

うつむいてちいさく噴いて、そのまま口元から、笑みが零れたきり止まらなくなったとでもいうように、笑いつづける。

「きみは本気だから、困る。天然ってすごいな。腹が立つくらいだ」

「すみません」

でも、と秀真は仙川の手を取った。仙川の指先を包み込むように握りしめる。

「あなたのためになにかしたいから。仙川さんの側《そば》にいたい。いま、側にいたいんです」

「俺を慰めてくれようとしてるの？」

仙川が低く、問う。

「はい」

沈黙が落ちる。

こんな提案では無理だったかと肩を落としたら——。

「じゃあわかった。車の来ない路地裏を選んで、俺を荷台に乗せて漕いで回って」

仙川が口を開いた。

「道交法違反ですが、いいんですか？」

「いまさらそれくらいの法律違反が増えたぐらいで、なにも変わらないだろう。俺はもっと悪いことをして……」

うつむいた仙川の言葉を遮って強く言う。

「してないです。仙川さんは悪くない。全世界の誰があなたを責めたって、俺だけは知ってる。仙川さんは悪くないです」

「なに……それ。なんでそんなことを」

仙川が目を見開いた。しばし呆然として秀真を見返す。

「なにかしましたか？」

あまりにも極端な反応だったから聞き返した。

仙川は「いや」と首を振る。

答えたくなさそうだったから、しつこく聞くのはやめた。

秀真は自転車の鍵を回し、サドルにまたがった。

星なんて、なかった。それでも月は綺麗《きれい》だった。

家とビルの窓がまばらに明るく灯《とも》っている。街灯の光はちいさなＵＦＯみたいに白く、丸く、浮き上がっていた。

秀真より仙川のほうがウエイトがあるから、自転車を漕ぐのが大変だった。

さらに仙川の足は、荷台に座ってうまく収まるには長すぎた。

仕方ないから、仙川は、自転車のボディのバーに足を載せて後ろに立って、乗っている。どこかで見た若者のふたり乗りと同じ様相だ。三十二歳と二十八歳の男がふたり、深夜に、なにをしているのだろう。

必死で立ち漕ぎして、よろよろと走っていたら、後ろで仙川がくすくすと笑っていた。

「野津くんはいつも予想外だ」

「……すみません」

もっとスピードを上げて自転車を走らせる予定だった。脳内予定と現実とのギャップに目眩《めまい》がする。

「なんで謝るの?」

笑い声混じりでそう言い、仙川が、秀真の肩から前へと手を回す。ぎゅっと抱きつかれ、背中がざわついた。

どうなっているのだと首を捻《ひね》って後ろを確認すると、仙川の額が、秀真の肩のあたりに押しつけられていた。

「振り向くな」

鋭い口調で叱責《しっせき》され、「はい」と前を向く。

「彼女が、俺に言ったんだ」

背後で仙川の声がする。ぐりぐりと、人なつこい猫みたいに、秀真の肩に頭をすりつけながら、話しだす。

「死ぬ前に会ったときに、思いつめた顔で俺に言ったんだ。あんまり真剣で、熱っぽい言い方だったのと、そのすぐ後に彼女が死んだから、俺はその台詞が忘れられなくってね」

仙川の声が滲んで、闇《やみ》のなかに溶けていく。

消えてなくなりそうなちいさな声だから、そのすべてを聞き逃すまいと耳を澄ました。

「愛について考えているって、言ったんだよ。『もし私が楽しみのためだけにたくさんの人を殺したりする、どうしようもない悪魔みたいな人間で、世界中の誰もが「あいつは最低だ」って私を罵ったとしても、それでもきみはいい子だよ、悪くない、間違ってないよって、そう言

ってくれる愛が欲しいの』って」

秀真の背中にぺたりと貼りついて、仙川がつづけた。

「きみがさっき俺に言ったのと同じ台詞だ」

それが愛かどうかを秀真は知らない。

それでも秀真は、仙川に何度でも同じことを言うだろう。仙川のことを誰が責めて、その理由がどんなものであっても、秀真は仙川は悪くないと言い張る。仙川のためにできることをする。

――だって、好きだから。

見たことのない仙川の妻の気持ちが少しだけ、わかった。無条件に、盲目的に、彼女は仙川を愛していたのだ。そして同じものを仙川にも求めたのだろう。

「じゃあ、俺は、そんなふうに仙川さんのことが好きです」

「俺は……」

声が湿ったから、振り向かないことにした。泣いているのかもしれない。いや、絶対にそうだ。

そして、それはいまの仙川にとって必要な儀式のように思えた。

だからまっすぐに前を向いて、無言で、自転車を立ち漕ぎする。

少しの沈黙のあと、仙川がまた話しだす。

「妻は、中学時代からの友人だった。頭がよくて、適度に性格が悪くて、毒があって、つきあいやすい女だったよ。広瀬川の初恋の相手が彼女で――でも彼女は広瀬川じゃなくて俺を好きになった。高校のときに、俺は、彼女とつきあってはじめて――自分はゲイで、女が相手だとセックスできないんだとわかった」

仙川の訥々《とつとつ》とした語りを聞いて、秀真の肩に力が入った。

仙川はゲイ？　なのに女性と結婚した？　つまり擬装結婚ということか？

奥さんのことを好きではないけれど結婚したのだと広瀬川は言っていたが――。

「彼女にしてみれば屈辱的だったと思うよ。十代で、交際相手に『きみとじゃ、できない』って宣告されたんだから。いろいろ聞かれて、男が好きな男なんだよってカミングアウトして――気持ち悪がられるかと思ったら、彼女は、だったら仕方ないって受け止めてくれた。だから俺たちはその後もずっと友だちでいつづけた。それで……彼女が、病気になった」

ずっと自転車を漕ぎつづける。最初はよたついていたが、だんだんスピードが出てきた。加速して、ぐるぐるとペダルを回す。

「余命を宣告された。彼女から、死ぬかもしれないから、結婚してよっていうプロポーズをされた。最初は断った。死ぬとか言うなよって、励ましたり――。でも。広瀬川まで、彼女の側に立って、いいから結婚してやれよって頼まれて――どうせ俺はどの女とも結婚できないんだし、彼女だったらいいかって。それで彼女が少しでも幸福になれるならいいのかなって」

なにか返事をすべきなのかもしれない。

でも言葉が浮かばなかった。もしどこかで自転車を止めたら、仙川の話がそこで途切れてしまうような気がして、ひたすらペダルを回す。

こんなに真剣に自転車を漕ぐのは、十代のとき以来だ。

どこに行く当てもなくて、時間制限があるわけでもないのに、馬鹿みたいに必死でペダルを漕ぐ。

「……あれは、若気の至りみたいなもんなのかもしれないな。すごく嫌な言い方だけど、死や病気ってのは、人を無理矢理ロマンティックにする。俺は、ちょっと、そういうのに酔ってた」

太ももがぷるぷると震える。心臓がばくばくと鳴っている。こめかみが脈打つ。

すごくシリアスな告白を、ひどく滑稽《こっけい》な状態で聞いている。笑える。そして、泣きそうだ。

「――結婚生活は半年ぐらいだったよ。うちの両親が仕事を引退して、田舎《いなか》でのんびり暮らしたいってIターンして地方に家を買って、ちょうど空き家になったから、元気なうちはあっちの一軒家で暮らしてた。でも腫瘍《しゅよう》が骨に転移して――骨折して、車椅子になってね。あの家は段差が多いし、ドアが多いし、車椅子で動くのは難しくなった。だから仕事部屋として残していたマンションに引っ越して――そのまますぐに入院したから、そんなにあそこでは過ごしてなかったけど」

「…………」

「一時的に体調がよくなって退院して――彼女が、自分の両親のところにいきたいって言ったんだ。俺と暮らしてると、俺が彼女の下の世話とかね、しなくちゃならないのが、つらいんだって言われて――そうなのかなって思った。思って、彼女のことをあちらのおうちでご両親におまかせして――そしたら、自殺した」

世間話みたいな話しぶりで、そうつづける。

「ふらふらで、車椅子で生活してるのに、なんでだよって思ったよ。もうじき死ぬってわかってて、なのに自分で死ぬってなんなんだろうって。彼女になにを言われても、親のところじゃなく、マンションに戻すべきだったんだろうな。俺が目を離したから、彼女は死んだんだ。自分の親のところに戻りたいって彼女に言われて、俺、ホッとしたんだよ。そっちのほうがラクだなって思ったんだ。彼女にはそれが伝わったんだろうな。俺、彼女が死んでもしばらく泣けなくて……」

泣けなくて、と語る仙川の声は、鼻声だ。

「なんでだろう。いまになって……泣けるのって」

すぐ耳の後ろで、鼻をすする音がする。決してきれいな音じゃないそれが、秀真の胸に切なく沁み込む。

「きみが――俺の命を助けようとしてくれたとき、変な話だけど、ああ俺って生きてるんだなあって思った。コンビニの前で体当たりされてさ。もう死んでもいいんじゃないかって心のどこかで思ってたんだろうな。俺は彼女にひどいことをしたから、死んで詫《わ》びるべきかもなあって。でも、きみが救おうとしてくれたら」

「あれは……救ってなかったじゃ、ないですか。仙川さん、死のうと、してなかったし」

みっともないくらいに、秀真の呼吸が途切れている。

「でもいつでも死んでもいいかなって思ってたよ」

その言葉は、少しだけ、わかる。ときどきなんともいえない暗い目をしたり、自嘲する笑みが見えることがあったから。重い錘《おもり》を抱えたままで浮上するにはエネルギーがいるのだと、そういえば、広瀬川が言っていた。

誰だって年を重ねていくにつれ、いくつもの錘を抱え込む。捨てられない錘をぶら下げたまま、浮かび上がって前進するのは、つらい。

秀真程度の、ささやかな不幸の積み重ねですら、たまに、つらい。

「彼女が死んでからずっと、俺は、自分が幸せになっちゃだめなような気もしてた。彼女のことがずっと心のどこかで重しになってた。きみに助けられて、会うようになって――きみが酔っ払って呼びだしてくれた夜に、生きてるんだなって、思った。人ひとりは、重たいなって。とにかく彼女はもう死んで――俺は生きていて、そういうことだって思った」

「酔っ払ってって……終電を逃して、迎えにきてくれた日のことですか?」

「そう。五年もたってるのに、いまさらなんだよ。あのときいろんなものが一気に押し寄せてきた。彼女の死や俺に対する憎悪と愛情と、俺自身の痛さや馬鹿さが牙《きば》みたいに俺の心に嚙みついてきた。でも、俺は生きてるから、憎まれても仕方ないって、思った。嫌われてても、生きてるから、どうしようもないなって」

仙川が秀真の耳元で言う。

振り返りたい。どうしても振り返りたい。

誰が仙川を憎もうと秀真は仙川のことが好きなのだと伝えたい。

だから身体を捻って仙川の顔を見た。途端、バランスを崩して自転車が蛇行《だこう》する。

「……おっと」

仙川がストンと荷台に腰を落とし、足をのばして地面について自転車を支える。

「すみません」

息が、切れていた。好きだと告げる言葉が、喉にひっかかって止まった。

「なんで謝るの？」

停止した自転車の後ろで、仙川がちいさく笑う。

「ずっと連絡しなくてすまなかった。夏休みの終わりまでに本を一冊書き下ろさなくちゃならなくて忙しくて——記事のこともあって、きみにどう伝えたらいいのか言葉が選べなくて」

放りだすように足をのばして、秀真の背中にこつんと額を押しつける。年上の大人の男が、自分に引きずられてするあどけない仕草に、ときめいた。

「俺が失礼なメールを送ったからですよね」

「それは……もう気にしなくていいよ」

汗ばんだ自分の首筋に、仙川の呼気がかかる。

「汗臭くて、すみません」

恥ずかしくてそう言ったら、仙川がささやき返した。

「別に、いい。汗臭いのは生きてるしるしだ」

さらに重ねて好きだと告げると、なにかが壊れてしまうような気がした。仙川がゲイだと知ることで腑に落ちる部分はあった。でもまだ秀真も混乱していた。

いまのふたりのあいだにある信頼と緊張のバランスを崩してしまいそうで、黙り込む。

——俺の後ろに仙川さんの体温がある。

泣きそうなぐらいそれが大切だった。

同じ道をぐるぐると巡回し、仙川が落ち着いた頃合いに、ホテルの前で自転車を止めた。

「じゃあ、また。今夜ちゃんと寝てくださいね。それから、お酒も飲み過ぎないで」

頭を下げて、帰ろうとしたら仙川が秀真を引き留めた。

「ありがとう」

ささやいて、秀真の唇にかすめるようなキスをする。

「あ……」

ポカンと口を開けていたら、仙川がはにかむように笑う。

背中で泣いていたことが嘘みたいに、立ち直っている。

「まだしばらく会えないけれど……また今度、帰りにきみのところにいくよ。あの部屋に、必要な本があるんだ」

秀真は「どうぞ」と答え、微笑んだ。

6

——仙川さん、大学にいったのかな。

翌日である。

秀真は昨日の深夜に自転車でふたり乗りして、仙川をホテルに送り届けて、帰宅した。実際に会って、話して、触れるのは、メールや電話とは違うものだと実感した。かわされた会話のなかには、言葉以外のものが含まれているようだった。

「また今度って、言ったっけ」

帰り際にされたキスを思いだし、唇に触れる。盗むようなつかの間のキスが、秀真をいつまでも夢見心地にしていた。

仙川はゲイだと聞いた。いろいろな事情があって、すぐに恋をしようと思えないのだとしても——秀真に対してきっと好意を抱いている。

と、思う。

自惚《うぬぼ》れかもと自分をときどき戒めるが、そうじゃなければ去り際のキスの意味がわからない。

けれど仙川は秀真を「好き」とはひと言も言っていない。

仙川の重たい過去と、抱えていたものについて教えてもらったことが、ひとつの答えだと思ってはいるが――。

嘆息し、秀真は、窓の外を見る。

今日は晴天だ――。

興奮して眠れないまま、秀真はマンションでPCのキーボードを叩いていた。中断していた小説の翻訳に、勢いのまま、着手した。買ってくれる会社は未定だけれど、できあがったものを手にして、また売り込みにいけばいい。なにもしないより、動いたほうがいいに決まっている。

――自分の器がちいさいって思うことで、自分の限界を決めてたのかな。

ぼんやりと、考える。

徹夜明けの目に、日差しがまぶしい。

涙が滲み、目を閉じて指で目頭をつまむ。

PCのディスプレイがまぶしく感じられ、目がチカチカしはじめた。疲れ目だ。目薬をさして、小休止。

「ハンバーグ作ろうかな。リベンジで」

独白。

焦げて崩れたハンバーグを仙川に食べさせたきり、二度目に挑戦していない。作ったら仙川は食べにきてくれるだろうか。

とりあえず、仕事の気分転換にハンバーグを作ろうかと心に決めた秀真は、材料の買い出しのために家を出た。

ネットでいくつかハンバーグのレシピを検索した。タマネギを炒《いた》める派と炒めない派、つなぎの卵は卵黄だけ派、全卵派、パン粉にこだわりを見せる派など、多数のレシピをメモして検討した。

人生のなかでこんなにハンバーグのことを真剣に考えるのははじめてだ。

スーパーで買い出しした袋をぶら下げて、マンションに戻る。

「こんにちは」

マンションの手前で、見知らぬ男に声をかけられた。頭を下げる男につられ、秀真も軽くお辞儀を返す。

親しげに笑いかけてくるが、秀真は男にまったく見覚えがなかった。カジュアルな服装をした四十代後半の男だ。後退気味の額と、口角の下がった薄い唇。ちいさな目の奥に、刺さってくるような険がある。

検分するように眺められ、不快を覚えて、秀真も男を見返した。

「野津さん、ですよね？　仙川月久《つきひさ》さんのことでちょっとお話を伺わせてください」

「……え？」

絶句していると、男が懐から名刺を取りだして秀真へと差しだす。田中《たなか》という名前の脇《わき》に「記者・ライター」の文字がちいさく添えられていた。

「特に話すことはないので」

仙川についてのくだらない記事を書いた男はこいつなのかと、睨みつける。もし目の前の男が記事を書いた相手でないとしても、あの記事の中身にハイエナみたいにむらがって、別な誹《ひ》謗《ぼう》中傷記事を掲載しようとしているに違いない。

男の脇をすり抜けて、マンションのエントランスに入ろうとした秀真の耳に、男のちいさな声が届く。

「野津さん、けっこう前に新宿《しんじゅく》二丁目界隈《かいわい》にいましたよね？」

ぎょっとして足を止め、振り返った。

「野津さんがいま暮らしてるこちらのマンションの部屋、持ち主は仙川准教授ですよね。どういったご関係で、野津さんが暮らしてらっしゃるんですか？　ひょっとして仙川准教授とあなたはそういう……」

「なにをおっしゃりたいんですか？」

頭のなかが真っ白になった。男の台詞が、自分の耳を素通りして、別な場所に突き抜けていくような非現実感があった。

「少し、お話を伺わせてください。あなたのお話がなくてもこちらで得た情報だけで記事を書くことはできるんです。それをしないで、裏をちゃんと取ろうとしている私に、協力してくださったほうがいいと思いますけどね」

口を曲げ、男がニヤリと笑う。

どうしたらいいのか、即座に判断はできなかった。

男をスルーしたせいで、仙川に関してのさらなる中傷記事が出て、仙川を傷つける可能性を思うと、秀真は男を振り切れない。

「わかりました。買ったものを部屋に置いてから伺いますので、待っていてください」

名刺を受け取って、秀真はそう答えたのだった。

駅近の大手チェーンのカフェで話をすることになった。

以前、仕事で使った録音機材を持参し「念のためここでの会話は録音させてもらいます」と告げたら、男が顔をしかめた。

「田中啓治《けいじ》さん。今回だけ、お話を伺おうと思います。以降は、お断りさせてもらいます。で、

「どんな話を俺から聞きたいっておっしゃるんですか？」

名刺をもらった名前もあえてフルネームで呼びかける。録音されたものは、記事をねつ造したときに「こんなことは言わなかった」と訴える証拠になるだろう。古い機材を捨てないで持ってきて、よかった。

対して、田中のほうは録音までされるとは思っていなかったのか、やりづらそうだ。

唇を舌で湿らせてから、秀真をちらりと見て、話しだす。

「野津さんがいま住んでいるマンションの部屋は、仙川月久さんの所有物ですよね」

「そうです」

「野津さんと仙川さんの賃貸契約は、正規の不動産業者をとおさないで契約されたもので、かつ、一般的な家賃の相場とは違うと聞いてます」

「契約は不動産会社をとおしてますよ。会社に聞いていただければ……」

「担当者が契約をしたのではなく、仙川月久さんのほうから、この男と契約してくれと申し入れがあって契約することになったと担当者が言ってましたよ？　賃貸の広告を出す前に借り主が決まった、と。しかもとても安い家賃で」

「そ……」

事実なので、否定できず、押し黙る。本当のことを問われているだけなのに、手に汗が滲んだ。

怯《ひる》んだ秀真の様子に気を良くしたのか、田中がたたみかける。

「ところで野津さんは、新宿二丁目界隈のとあるバーの常連だった時期があるようですよね。ネタ晴らしを先にしますと、私の親しい友人がそのバーの常連でしてね。カミングアウトしているゲイなんですけどね。あなたの写真をたまたま見た友人が、昔、あなたを見たことがある、と。まあ、いまどき、ゲイは珍しいことでもないですし」

それもまた事実だったので、否定できない。自分の性指向を自覚し、どうやって過ごせばいいのかわからなかった二十代の前半、秀真は仲間を求めて二丁目の店に通っていた時期があった。

「……写真？」

脳内で一度、田中の台詞を反復させ、唯一「写真を誰かに見せた」というところが突っ込みどころだと気づき、そう声に出す。

「失礼しました。あなたを撮ろうとしたんじゃなく、取材をしていて仙川月久さんの自宅の周囲を撮っていたら、たまたまあなたが映り込んでしまったんです。もちろん肖像権というものがありますし、それをどこかに公表なんてしませんよ」

「たまたま俺が映っていて、たまたまその写真をあなたの友人が見た、とおっしゃるんですか？」

「そういうことって、ありますよ。なにせあなたは不在の仙川宅を頻繁に訪問してらしたから。

どうしてあんなに訪問されていたんですか？　あなたと仙川さんのご関係は？」

したり顔で田中が言う。

胃が、ぎゅっと痛くなった。どれをとっても実際に秀真がやってきたことだ。なのにその事実を羅列することで、いかようにでも「真実」をねじ曲げ、屈折したとらえ方で記事を書くことができるのだ。

広瀬川が言っていた。本当のことをあったままに羅列しても、真実とは違うものに変化することがある、と。

秀真がゲイなことは事実。過去に出会いを求めてその手のバーに通ったことがあるのも事実。仙川と秀真が、不動産会社の仲介とははずれたところで大家と店子の関係になったのも事実。家賃が破格に安いのも事実。秀真が仙川の留守宅を何度も訪問して様子を窺っていたのも事実。

その結果——事実を積み重ねて、田中はどんな記事を書くつもりなのか。

「言えないような関係なんですか？」

「違うっ」

田中が、ちいさく笑って立ち上がる。

「……お時間取ってくださってありがとうございます」

「え？」

「伺いたいことは伺えました。録音もありがとうございます。私の取材の裏付けになる録音でもあるので、こちらからお借りすることがあるかもしれないので大切に保存しておいてください」

田中が、テーブルの上の録音機材を一瞥《いちべつ》し、そう告げた。

「待って。仙川さんと俺はそういう関係じゃないです」

「そういうって?」

薄く笑われた。

どう言えばいいのかわからなくて、口をつぐむ。田中が一礼し、背中を向ける。去っていく田中に対して投げる別な言葉を思いつけず、秀真は無言で田中を見送った。

部屋に戻り、録音機材をテーブルに置く。

――そういうって?

田中の台詞がこだまみたいにリフレインされる。

事実を羅列していったら、秀真と仙川がゲイのカップルに認定されそうだ。少なくとも田中はそう推察して、かまをかけたのだと思う。

録音機材を用意したことで、かえって田中を補佐してしまったようで、悔しくて胃のなかが煮える。

ゲイのカップルだから、秀真は、不動産会社の仲介なしで仙川の部屋を格安で借りているのだと記事に書かれたら？　場合によっては「囲われている」とでも思われるかもしれない。そこから、仙川の亡き妻との関係性へと遡《さかのぼ》って、仙川を愚弄《ぐろう》する記事を書くことも可能だろう。

「嫌だ……」

そんなのは、嫌だ。

自分の存在が、仙川を傷つけてしまう。いまどきゲイは珍しくない。けれどそれを、自死した妻との関係を説明づけるエピソードとして描かれたら？　仙川はゲイであることを公表していない。著名人である仙川の立場を思うと、手が震えた。

——仙川さんだけじゃなく、亡くなった奥さんも、そのご両親も……。

みんなが傷つく。

録音を再生する。自分の頼りない声が聞こえてくる。録音したものを証拠にしたら大丈夫だと、意気込んで田中に挑んだのに、結局、言質《げんち》も取れずしてやられている弱々しい声が耳につく。

なんの役にもたたないんだなと、落ち込んだ。

秀真は仙川のためにならない。がんばろうとしたのに。がんばったつもりだったのに。

「俺……どうしたらいいのかな」

自分の存在が仙川の枷《かせ》になるかもしれない。

そう思うと、怖くなった。

携帯を握りしめて、手のなかで弄《もてあそ》ぶ。

仙川のアドレスを眺める。仙川の携帯のなかに赤外線で送信された「何者でもない自分」を象徴するNO　NAMEの文字を思いだす。秀真と仙川の仲をもし憶測されたとしたら、対外的に傷つくのは仙川のほうだ。秀真にはなんの地位もなく、一般人として処理されることだろう。もしなんらかの記事になるとしても、秀真の目元は隠されて、誰とも知れない写真になる。仙川だけは名前も写真も掲載されて――誹謗中傷の対象になるに違いない。

「いまは……だめだ」

いまじゃなければいいのか？　いつになったらいいんだ？

自身への問いかけが脳内で分岐して、明滅する。答えは出ない。

――でも、もし俺のせいで仙川さんが傷ついたら？

胃が、しくりと痛んだ。

自分の幸福より、仙川の幸福と笑顔を守りたい。足枷《あしかせ》にはなりたくない。

はっきりしているのは、その思いだけだ。

いまだけじゃなく――この先も。

仙川は――ずっとつらくて、恋なんてできない環境にいて――タイミングよく秀真が仙川の前に顔を出したから、秀真を気にかけてくれただけだ。

「俺なんか……」

自分を卑下するのはいけないことかもしれない。でも、自分のことだから、よくわかる。ちいさな器で、変なところで見栄っぱりの自分は仙川にはふさわしくない。

ふさわしくない自分が、仙川の醜聞を広めるネタになど、なってはいけない。

それでも――秀真がたまたま仙川を転倒させたり、酔っぱらって醜態を見せたりして――そのすべてがいい方向に仙川を転がしていった。

仙川のなかにあった、枷をはずした。

――それだけで、いいんじゃないかな。

仙川の抱えた錘ごと浮上するためのきっかけに自分がなれたなら、誇らしい。充分に幸福だ。好きになれただけで幸福だ。仙川のためになれるなら、もっと幸福だ。

仙川は秀真を大切にしてくれた。

同時に――仙川は秀真をがむしゃらに求めたりはしなかった。

「そういうこと……だよな」

真実から目をそむけてはいけないと自身を戒める。

仙川の言動に揺すぶられ、好かれているようでいて、好かれていないのではと不安に揺れた理由は――仙川のなかにある枷だった。そして、その枷をはずしても、仙川はずっと紳士のままだった。

キスをしてくれて「しばらく会えないけれど、また今度」と自分に別れを告げた。抱きよせて部屋へと連れ込むようなこともなく――理性で抑えられる程度の気持ちしか仙川は持っていないのだ。

その程度の想いなんだと――卑屈さゆえでなく、事実として認識する。

自分が離れたら、前向きになった仙川はきっと新しく別な誰かと恋をするだろう。

結論づけると、心がひりひりと痛む。

唇を噛みしめて、秀真は、仙川へ向けて、メールの文章をちまちまと打つ。

『昨日は自転車のドライブにつきあってくれてありがとうございました。そろそろホテルから自宅に戻られますか? 俺もいろいろと考えて、もう一度実家に戻ることにします。引っ越してすぐに引き払うことになって申し訳ございません。引っ越しの日時が決まったらまた連絡します』

――迷惑にならないためには、俺が、仙川さんの側から離れるのが一番だから。

店子と大家じゃなくなって――個人的に会うような仲でもなくなって――そうしたら変な記事をねつ造されたとしても、言い訳が立つ。

7

引っ越しますと伝え、そのための手はずを整えた。居抜きの家具つきの住居だったため、持ち込んだ荷物も少なかったから、さして手間はかからない。

いちばん大変だったのは実家に「戻らせて」と頼むことだったが、それも拍子抜けするくらいたやすく受け入れられた。秀真《しゅうま》が外でやっていけているのかを親たちはとことん心配していたようで「やっぱりね」というニュアンスで受諾された。

いままでだったらそれにいちいちささくれだって傷ついていたところだが——不思議と、もう、イライラすることはなかった。

言われても仕方ない立場だし、すみませんと素直に頭を下げる。

——だって俺、情けない奴だもんな。

なにも言えないから、なにも言わない。

己のちいささを嫌悪して、どうしてうまくいかないのかなと世間を軽く呪《のろ》っていたときには気づけなかったが、自分は為《な》すべき努力をしていなかっただけだ。

仙川《せんかわ》に強く引き留められたら困ると思い、急いで準備をしたのだが——仙川の引き留めは電話が一度来ただけだった。

しかも「仕事をするための環境として、実家のほうが進みがよかったので、戻ることにしました」という説明で、あっさりと引き下がった。

——やっぱり、その程度。

引き留められたら困るのに、引き留められなかったことに少し落胆する。おかしなものだ。

引っ越し当日——。

仕事道具と着替えや生活用品は引っ越しパックに頼んだ。残っているのは仙川のものばかり。

仙川の本が詰まった書棚の本に触れる。

胸の奥がひずむように痛んだ。

「野津《のづ》くん……本気で引っ越しちゃうんだ」

引っ越しの立ち会いにとやって来た仙川が言う。

秀真は振り返って仙川を仰ぎ見て、ちいさく笑う。

——さようなら、だ。

好きだから身を引くなんていうのは、小説や映画のなかだけの話だと思っていた。劇的な恋愛なんて自分には縁のないことで、遠い場所の花火のように美しい幻影だと決めつけていたのに。

恋をした。

無条件で癒やされて、優しくされて——恋した相手に引きずられて、己のふがいなさを真っ向から見据えることになった。

「お世話になりました」

頭を下げると、仙川が「世話なんてしていない」と苦笑して答える。

「水道や電気などの公共料金、今日までの支払いの手続きしました」

「そうか。ちょっと寂しくなるな。でも俺がもう少し楽になったらまた誘うから、ご飯を食べよう」

仙川が優しく笑って言う。

——あ。

そうか。仙川は秀真が引っ越しをするだけだと思っているのか。秀真なりの事情で実家に戻るだけで、つきあいはつづくと思っていたから、引き留めなかったのかと、いまになってやっと気づいた。

かぎ爪のついた手で心臓を絞られたみたいな痛みが過《よ》ぎる。長い時を経ても傷が残り、いつまでも瘡蓋《かさぶた》になりそうもない類《たぐい》の痛みだ。

けれど、別れようと決めた気持ちは揺らがない。

「いえ。もうお会いしません。鍵《かぎ》をお返ししますね」

部屋の鍵と仙川の家の鍵の両方を仙川へと差しだした。

「会わないって？　どうして？」

眼鏡《めがね》のレンズ越しの双眸《そうぼう》がいぶかしむように細められる。

「仙川さんのこと、人として好きで、あなたの仕事を尊敬してます。でも……それだけですから。誤解されてるなら困ると思って。そういうのは困るから、だからもう……」

嫌われるような言い方をして別れればいいんだと思った。

でもいざとなったら、強い言葉は出てこない。弱々しい言い方が、あくまでも自分らしいと、頭の隅で思う。傷つけたくないからと言葉を選ぶせいで、どっちつかずの曖昧《あいまい》な台詞《せりふ》になる。

「仙川さんはゲイだっておっしゃってて、それでいろいろと腑《ふ》に落ちて……でも俺はあなたのことそういうふうに好きじゃなくて……その」

嘘ばっかり。

好きで好きでたまらないのに。自分だってゲイなのに。

「……きみは、人として好きな相手となら、抱きあって一緒に寝られるってこと？」

仙川が傷ついた目をして聞いてくる。

「あれは酔っぱらってたから。それに抱きあったけど、アレは、してないじゃないですか。そういうことになったらきっと俺は仙川さんのこと突き飛ばして、出ていってたと思う。だから……」

　嘘の上塗りだ。けれどその自信のなさが、いかにも「その気はないけれど優しくされているうちに、調子に乗っていたが、相手がゲイだと知った途端、さーっと我に返って相手を否定するノンケ」のような素振りだと、自分でも思う。

　おたつけばおたつくだけ、おかしな信憑性《しんぴょう》と説得力が増していく。

「ホテルに来てくれたのは……」

「友だちだったらああいうことしますよね。広瀬川《ひろせがわ》さんだって仙川さんのこと心配してましたよね。それだけです。深い意味なんてなくて……。キスされたのも、びっくりしたけど、仙川さんのこと人として好きだからまあいいのかって思ってました。でもリアルに男同士でどうこうっていうことになると、俺は無理だし……いまのうちに別れとかないと、怖いかなって」

　仙川の顔から血の気が失せていった。

「ゲイの俺に恋愛対象で見られたくないから、二度と会わないって、そういうこと？」

「そうです」

　切なさで秀真の喉《のど》がつまる。

　傷つけたくないのに、傷つけている。

「それに、あのときは考えてなかったんですが、雑誌記事になったたっていうことは、仙川さんって記者に見張られてたりするんじゃないかな。だとしたら記事になっても困るんじゃないかなって、遅ればせながら気づいたっていうか……。俺は一般人だし、そういうの困る」

無防備にホテルまでいってしまったことを悔いている。記者の田中《たなか》につけられて、写真に撮られていたらどうしようかと脅えている。自分が掲載されることより、仙川の立場を危うくするという意味で。

自分勝手な言い分で、仙川に呆《あき》れられて、二度と会わないと思ってもらえたら……。

「本当に？　だってきみは……」

だってきみは、の後につづく台詞を聞く前に、

「本当です。ごめんなさい。もう会いたくない」

と言ってのけた。その先を聞いたら、崩れてしまう気がした。嘘を平気で突きとおせる度量は秀真にはない。

一瞬だけ、仙川の目は怒気を孕《はら》んだような凶悪な色を滲《にじ》ませた。

「きみは嘘つきだな」

低く、言う。

「嘘じゃない。本当です」

答え、秀真は、仙川が受け取ってくれそうもない鍵を傍らに置いた。

引っ越しがすみ――その日の夕方には秀真は実家でくつろいでいた。

針のむしろかと思いきや、甥《おい》っこたちの相手に疲れた母が、思いのほか秀真を歓迎してくれる。

学校から帰ってきた甥の力尽くの遊びにつきあっているうちに、日が暮れる。四歳の姪《めい》と積み木で遊びながら、小学一年生と戦いごっこ。

姉が帰ってくるのは夜九時過ぎだそうで——。

「助かる。頼むから、しばらく夕食作りの時間はこの子たちの遊び相手してあげてくれる？」

母に真顔で拝まれた。

「うん。いいよ」

久しぶりに会うと、いままでは気づけないでいた親の老いを感じる。

「おじちゃん、まだ帰らないの？　じゃあさ、こっちで……」

「おじちゃんは帰らない人になりました。この家にまた戻ってきました」

「マジで？　やったー」

甥の達也《たつや》が、遊ぶ気満々で全力でぶつかってくる。ちいさな手に引っ張られていると、尻《しり》のあたりがもぞもぞしたような気がした。

携帯電話が振動したのかと手にとってみては、勘違いだと嘆息する。

「おじちゃん、電話、使えるようになった？」

達也が見上げて不思議そうに言う。

「なった。アラームももう使える」

達也が携帯に手をのばす。小学生男子にとっては携帯電話はかっこうのおもちゃだ。秀真ははっとして達也から電話を遠ざけた。

達也がパチリと瞬きをする。

「だめだよ。おもちゃじゃないんだから」

「ふーん」

前は好きに触らせてくれていたのにと、達也の顔にははっきりそう書いてある。

――この携帯で仙川とやり取りしていたから。

大事なものになったのだ。誰ともつながっていなかったときは道具以下の存在でしかなかったものが、いまの秀真にとってはとても大切で――。

胸が痛くて、たまらない。自分のなかの柔らかくて無防備な部分を、ヤスリにかけられているみたいに、ざらざらと痛い。仙川のことを思うと、痛い。

「秀真のぶんのご飯増やさないと」

母親の心配事はいつでも現実的だ。誰に言うのでもない母の独白に拾い上げられたような気になり、秀真はほっと息を吐きだす。

「母さん、ハンバーグの作り方教えて」

「今日は豚のしょうが焼きにする予定だから、無理よ」

「じゃあ、明日作って」

「いいけど……どうしたの？」

不審そうに顔を覗《のぞ》き込まれた。

「なんで？」

「だってあんたハンバーグなんて別に好きじゃなかったじゃない」

——痛い。

好きでも嫌いでもない程度の食べ物が、特別になったのは、仙川のせいだ。

「おれハンバーグ好きー。やったー」

ふたりの会話を聞きつけた達也が「やったー」と跳ね回りだす。小学校一年生男子は、関節がばねでできているのではというぐらい、無駄に飛び跳ねて過ごしている。

「今日じゃないわよ。明日よ。跳ばないの。こら、椅子《いす》の上で跳ねないっ」

目をつり上げて叱《しか》る母の姿に苦笑し、秀真は、達也を椅子から抱え上げておろしたのだった。

そして——子守をしてへとへとになって、夕食の時間。

母は普通の顔をして、豚のしょうが焼きと一緒にハンバーグを並べている。ハンバーグは明日じゃなかったのか？

「わーい。ハンバーグもある。すっごいごちそうだー」

えへへと箸《はし》を振り回す達也の頭を母がこづき「いただきますは？」と注意する。

帰宅した父親も食卓につき、

「肉だらけだな」

と皿を見て、首を傾《かし》げている。

「だって秀真がハンバーグ食べたいって言ったのよ」

「そうか」

ずれた眼鏡を引き上げながら、父が秀真を見た。

「なんか元気なさそうだったから、元気づけてあげようとして作ったのよ」

母がさらっと応じる。

「え？」

母の、おもいきりオープンな気遣いに驚く秀真だ。落ち込んでいることが、ばれている？

「なるほどな。じゃあ父さんの分も秀真にやる。こんなに肉ばかり食えない」

父がハンバーグの皿を秀真にずいっと押しつけた。

「ずっりー。おれも好きなのにー、おじちゃんばっか、ずりー」

むくれた達也に、父が「じゃあ、達也にはじいちゃんのキャベツをやる」と、しょうが焼きのつけあわせのキャベツの千切りを山盛り皿に載せる。

「げーっ。草はいらないのにっ」

「草じゃない。キャベツだ。野菜も食べないと丈夫な身体にならないんだぞ」

「いいんだよ。身体なんて丈夫じゃなくても、心が丈夫なら。心が元気なら、身体も治るってこないだテレビで言ってたもん」

「おまえは本当に口が達者だな。誰に似たのやら」

苦笑して父が首を左右に振る。

「早咲《さき》は？」

四歳の姪っこは夕飯直前に遊び疲れて眠ってしまい、熟睡中だった。

「秀真が遊んでくれてるうちに、疲れたみたいで、寝ちゃったのよ。私が食べ終えたら起こしてこようかと思って。夜中に起きてこられても困るから」

「そうか」

バクバクと食事する達也を見守る。姉と子どもたちは、すっかり、この家に馴染んでいる。

秀真は「いただきます」と告げて、ハンバーグを口に入れた。

「……美味しい」

タマネギがシャリシャリして歯ごたえがあった。そういえばうちのハンバーグはこういう味だったと思いだす。

「うちのハンバーグって、タマネギ、炒《いた》めてないんだね」

「そうよ。タマネギは炒めないで刻んだのそのままタネのなかに入れて丸めて焼いてるのよ。

……作り方、本当に知りたいの？」

母親が、怪訝《けげん》そうで——心配そうな顔をして秀真に尋ねた。

かつての自分の部屋は甥っこたちに占領されている。当面は客間を使わせてもらうことにして、仕事道具のＰＣだけセッティングした。

甥っこたちとたわむれ、両親と話し、食事をしながらも、秀真はどこかで放心していた。形だけは取り繕いながら、感情の一部が欠けて、抜け落ちている。

仙川に対して自分の取った行動が正しいのか、正しくないのかがわからなくて。

仙川に別れを告げたのが、つらくて。

夜——ぼんやりとしていたら「秀《しゅう》ちゃん？」と声をかけて、帰宅した姉が部屋に入ってきた。缶ビールを手に持って、そのひとつを秀真に寄越す。

秀真は、片手に携帯、片手にビールで、どうしようかと苦笑した。

プシッとプルトップを開き、美味《おい》しそうにぐびぐびとビールを飲んでから、姉がさらりと言う。

「母さんが心配してるよ。あんたに悩みでもあるのか、仕事がまずいんじゃないかとか、いろいろと」

「なんでだよ」

「なんでかなあ。親だからじゃない？　ていうか、あんたのこと大切だからじゃないかな。いきなり帰ってきて、様子が変だったら、気になるわよ。どうしたのかなあって。帰ってくるってこと自体、自立の失敗だしさ。やっぱり金銭的に無理だったのかなって」

「ふがいなくてすみません」

苦笑して応じると、姉が顔の前で手をひらひらと振る。

「ふがいないのは姉ちゃんもだから、いいの」

「あのさ、俺、一時的に戻らせてもらったけど、姉ちゃんたちもいるし、ずっとうちにいるつもりもないんだ。死ぬ気で働いて稼いで、安いところ探して、次こそ出戻らないように自活はじめるから。それまでもうちょっとここにいさせて……」

「……別に私はあんたがいてもいいのに。うちの子たちも秀真がいると遊んでもらえて喜んでるし」

秀真の様子を窺《うかが》うように少し間を置いて、つづける。

「それより、いままで料理なんてしなかった男が、特に好物でもないハンバーグの作り方を知りたいと言い出したら、ハンバーグ好きの彼女でもできたのかなぐらいには考えるよね。そのわりに浮かない顔して、携帯をチラチラ気にしてはため息ついてたら、むしろその彼女に振られたのかなとも考えるよね。もしかして私たちが知らないだけで、あんたの自立は同棲《どうせい》だったのかなとかさ」

まさにいまも携帯電話を握っているので、申し開きができない。甥っこたちと遊んでいるときも、しょっちゅう、携帯を取りだしては睨《にら》みつけていた自覚あり。

「コイバナにアドバイスしてあげたいんだけど、私、出戻りだからね〜。あんまりいいこと言えない。でも弟のことは元気づけたいわけだよね」

「姉ちゃん」

好きな人がいて、その相手に影響されて変わっていった自分を、家族たちは気づいているのだと驚いた。

「大丈夫。姉ちゃんにコイバナの相談するほどには落ち込んでないから」

どうにかそう言い返す。

「それどういう意味よ」

姉のゲンコツがコツンと頭に届いた。

——やばい。泣く、かも。

鼻の奥がツンと痛くなるのを我慢する。

うつむいて「痛い」と大げさに叩かれた頭を抱えた。顔を上げず、床を見たまま、小声でつづける。

「好きな人ができたんだ。うまくいかなかったけど、でも好きになれてよかったと思ってる。いままでの俺じゃだめだから、もうちょっとだけでいいから背伸びしてでもがんばりたいって思えた。この年にして……はじめて、そんなふうに人を好きになった」

　仙川に慈しまれて、心地よくしてもらえたことが、秀真のだらしなく緩んだ心を締め上げた。優しくされただけの価値のある自分になりたいと願う。

「そっか。いい人を好きになったね」

　姉が優しい声でそう答えた。

　抜け落ちていた感情の欠片《かけら》を、姉に拾ってもらったような気がした。ゲンコツでじゃれるように軽く叩かれることで、不具合があった自分自身の起動スイッチがオンになる。

「うん。すごく素敵な人だった」

　いつか秀真は、姉に、仙川のことを話せるだろうか。この、ひりつく胸の傷が癒えて、瘡蓋《かさぶた》になったときには、話せるだろうか。

「私もそうだけど、こういうのは失敗してるぶん経験値が高くなるのよ。次はきっともっといい恋をするわよ」

　姉が、ビールを一気に呷《あお》ってから、ニッと笑った。

「姉ちゃん、次の予定あるんだ」

　秀真を元気づけようとする姉の言葉が胸に沁みたから、わざと憎まれ口を叩いた。姉は秀真の頭に二度目のゲンコツを落とし、豪快に笑った。

8

夜明け前の空がいちばん暗いのだと聞く。

仙川に鍵《かぎ》を返してから一ヶ月が経過した。秀真は、暗い、暗い、日々を、仕事と、家族との触れあいで埋めていく。

スーパーに陳列されていた瓶のジンジャーエールを見てたり——自分の家の鍵を眺めているうちに仙川に返却した合鍵のことを思いだしたりするたびに、胸がつまって、涙が零《こぼ》れそうになる。

そういうときは、唇を嚙《か》みしめて、涙をせき止めて、前を向く。

——ああ、俺も、生きてるんだな。

この感情の揺らぎも、思いだすとやすりで削られたようになる心の痛みも、なにもかもが自分が生きていることの証《あかし》なのだと思う。

たかが、恋。

その恋に直面し、秀真は変わっていきたいと願った。

仙川は言っていた。『きみが——俺の命を助けようとしてくれたとき、変な話だけど、ああ俺って生きてるんだなあって思った』と。秀真もまた、仙川に出会って、恋をして、別れたことで——自分は現実を踏みしめて生きているんだなと、体感できた気がした。

もっときちんと生きていきたいと願いはじめた。

正視できない自身のだめさ加減も、真っ向から受け止めて——やっていくしかない。鬱屈《うっくつ》して、反省して、歩きだす。

別れてから、秀真は、週刊誌や、テレビをまめにチェックするようになった。自分に関することで仙川が中傷される記事が出たら、即座に抗議をするつもりだった。何事もなくフェイドアウトしてもらえるならそれが一番だし、そうなってもらうために仙川から離れたのだが。

つらくても——仕事をしているときは無心になれた。

そういえば自分は仕事が好きだったんだなとやっと思いだせた。評価されなくても——誰にも認められなくても——好きな小説をうまく翻訳できたときには喜びがあったんだと思いだす。

翻訳家は、裏方だ。自分を押しだす創作ではなく、文章の陰に隠れて、支えるのが本来の役目だ。

やりたかった小説の翻訳を進め——それとは別に、新しく経済関係の翻訳の登録の面接にもいった。

まだ勉強不足だから、仕事は回ってこないとしても、登録だけはしてもらえた。

どこかで仙川とつながっていたくて経済学の本を集めて読んでいるうちに、経済学のおもしろさを知った。専門知識がないので、翻訳者としてはまだまだだが、努力を重ねていけばいずれ仕事になるかもしれない。

秀真は居間で、母とふたりでテレビを観ていた。甥は学校で、姪は昼寝中の、静かなひとときだ。

「日にち薬というものが……って。へえ。日にち薬か。うまいこと言うな」

病気を治すために必要なもののひとつに「日にちという薬」があると、ドラマのなかに出てきた年寄りが言っていた。

時間の経過が病を治す。早くよくなりたいという焦りは禁物。

その言い回しがおもしろくて、母に同意を求めたら——母はいつのまにか眠っていた。

子どもたちの相手で疲れているのだろう。

以前は家事の大変さにまで気がまわらなかったが、一旦《いったん》、独立したことで母の苦労を気遣うことができるようになった。

母が観ないならテレビを消し、自分は仕事に戻ろうかと腰を浮かし、リモコンを探した。父と姉がリモコンをあちこちに持っていくので、秀真が使うときはいつもリモコンを探すことになる。

寝ている母を起こさないように気をつけながら、周囲を見てまわる。どこにもないということは母が寝ているソファの上かもしれない。

そうしているうちにドラマが終わり――ＣＭも終わって、昼の情報番組がはじまった。

――仙川さん。

仙川が映り、胸がしくりと痛んだ。

週刊誌に記事が掲載されたが、それ以上の発展もないままだ。いまだ仙川のブームは衰えず、昼や夜の番組に、経済をわかりやすく解説するコメンテーターとして登場している。

仙川の姿をテレビで観ると、つらいけれど、安堵《あんど》もする。疲れているのか少し痩《や》せている。でも、元気でいるようだ。

「日にち薬ね」

思わず、つぶやく。

仙川からはもう連絡がない。自分で選んで仙川から離れたから悔やんではいない。でも、ときどき、胸が痛む。

失恋の痛みにも日にち薬は有効だろうか。心の傷も時間とともに癒え、瘡蓋になって、乾いていくだろうか。

仙川の紹介をした司会者が、仙川の近況について話を向ける。

『最近の仙川先生は、お忙しいとのことで』

『そうですね。ご存じの方はご存じかと思いますが、私に関する報道で納得がいかないことがありまして。今回、その記事と記者に対して裁判を起こすことにしました。決着がつくまで詳しいことは言えないんですが、私の大切な人たちを守るために動きます』

あっさりと応じる仙川の台詞に、秀真は目を剝《む》いた。

——裁判？

『亡くなられた奥様に関する記事ですよね』

司会者が真面目な顔でさらに尋ねる。

『そうです。亡くなった妻と、妻の両親、私の友人のために訴訟に踏み切りました。放置して、また同じことをくり返されるのは納得がいきませんので。私がいま片思いをしている相手との未来のためにもがんばりたいと思います』

さらっとつけ足した言葉に、秀真の息が止まりかける。

『え。片思い？　それは……いいんですか、そんなことここで言っちゃって』

司会者も同じだったようで、慌てたように仙川をたしなめた。

仙川は眼鏡を押しあげて、テレビカメラに向かい、微笑んで応じた。

『よくないかもしれませんね。でもどこかで言葉にしないと彼には伝わらないので。直に言ってもきっと聞き入れてくれないでしょうから。——最初に言いましたように、裁判が終わるまでは話せることに限りがあるので、このへんで……』

『そうですね。打ち合わせにないことを言われてびっくりしましたけど、では……』

他のゲストたちが紹介され――ピックアップされたニュースのコーナーになり――。

しかし秀真は混乱し、なにを説明されても理解することができなくなっていた。誰も質問しなかったが、仙川は『彼には伝わらないので』と言っていたのでは？　彼女じゃなく、彼。きっとこれはあとでそれこそ週刊誌に取り上げられるに違いない。

「ど……うして？」

心臓がばくばくと音を立てている。仙川の出るコーナーが終わっても、秀真の混乱は収まらず、頭のなかを仙川の台詞がくるくると巡回しつづけている。

と――インターフォンが鳴った。

寝ている母が身じろぐ。母が起きるより先に秀真は跳び上がるように立ち、インターフォンに対応する。

『こんにちは。私、仙川月久と申しますが……』

「なんで……」

インターフォンのカメラに映る仙川の姿に、秀真は、絶句して固まった。

「誰？　お客さん？」

母が目を開けて、ぼんやりとした声で聞いてくる。仙川が名乗った声は寝ぼけて聞いていないらしい。

「う……ん。ちょっと」

ちょっと、なんなんだよと自主突っ込みをしつつ、慌てて玄関に出た。

ドアを開けると——記憶のままの、長身のすっきりとした男前が佇《たたず》んでいる。

「あの……仙川さん、どうして」

「起こり得るすべての数を分母に、事象Aを分子にした数学的確率として——きみの家を俺が見つける確率はいくらになるんだろうな。この地区にある野津という表札を掲げた、もしくは表札がまったくない家屋を仮に三十軒として、三十分の一。俺がまさしくこの日、ここに来ようと思いたったのが三百六十五分の一。三十分の一かける三百六十五分の一の出会いは、運命じゃないか？」

仙川が、涼しい顔でそう言った。口角を上げて、笑う。

「なに……言ってるんだか、わかりません」

本当に、わからない。

目の前に仙川がいる理由が、わからない。

眼鏡のレンズ越しの仙川の双眸が、柔らかく微笑んでいる理由もわからない。仙川は、大好きな人を見つけたときの賢い犬みたいに、きらきらした目で秀真を見つめている。

「シンプルに言うと、出版社へのコネを利用して、翻訳家の野津秀真くんの自宅住所をこっそりと教えてもらった。誰が教えたかは、その編集者さんに申し訳ないから内緒だ。運命でも奇跡でもなく、ただ、俺のしつこさの勝利だよ」

仙川が秀真の手を取る。

持ち上げた手のひらに、鍵をひとつころりと転がす。

――この鍵は。

「マンションの鍵をもう一度渡しにきた。また越して来いとまでは言わない。でもたまに遊びにおいで。俺ももう逃げないから」

「逃げないって……」

「ちょっとドライブしようか？　車の窓を開けて、そのへんをゆっくりと一周だけ。おうちの方に聞かれてもかまわないなら、俺はここで話してもいいんだが」

仙川が腰を屈め、顔を近づけて、ささやいた。

「うちは……っていうか、仙川さん、週刊誌の記者が！」

呆然《ぼうぜん》として仙川に鍵を渡されるがままだったが――そういえばゴシップライターが仙川の周囲を嗅《か》ぎまわっているはずだ。いまもまだつきまとっているかもと、秀真は仙川から離れようとする。

「それはもう大丈夫。相手に対して裁判を起こすことになったから。だいたいもう既婚者扱いじゃない俺が自分の片思いの相手を口説いたところで、ゴシップになんてならないだろう。きみだって独身なんだし」

「え……な……だって」

さらっと言われ、秀真は目を瞬かせて、仙川を見返した。仙川は、してやったりというような得意げな表情をしている。どこか悪戯《いたずら》っぽくて、それでいて照れてはにかむような顔つき。

「……秀ちゃん、どうしたの?」

現実に適応しきれなくて目を白黒させていたら、起きてきた母が居間のドアを開けて秀真を呼んだ。仙川だとわかるとミーハーな母がどうなるかわからない。

知らない相手だったよと母をごまかし、仙川を追いだしたとしても、秀真がいることがはっきりしているから、仙川はまたインターフォンを押すかもしれない。

躊躇《ちゅうちょ》してから――。

「ちょっと、知りあい。出かけてくる」

秀真は口早に告げ、仙川を押しだして自分も外に出た。

後ろ手でドアを閉めると、仙川が、満足げに微笑んで秀真を見下ろす。家の前に停めた車へと、秀真の手を取って誘った。

開けた窓からゆるく風が吹き込む。

成り行きで助手席に乗った秀真の脳内では「どうしてこうなった?」という言葉が浮かんでは、消えている。

それでも――すぐ側に仙川がいるのだと思うと、胸が疼《うず》く。変なリズムでトクトクと鼓動が鳴る。

「テレビ、観ました。みんなにわかるＴＰＰに関しての注意事項っていう、あれ。でもあれって生放送じゃなかったんですか？　さっきまで観ていたのに」

――いまここに仙川がいるなんて。

聞きたいのは番組が生放送か収録かなんてことじゃないのに、おかしな方向に口が滑る。

「俺の部分だけ午前に収録してるんだ。十五分くらい撮ってそこから使える部分を十分抜粋してるのかな。俺の近辺をうろつく奴が出てきたから、一時的にそういう形にしてもらってる。生放送ってことになると、テレビ局から出てくるところを張り込まれるから」

「だったらこんなところで俺と会ってちゃだめじゃないですか」

心臓に針を刺したみたいな痛みが走った。

せっかく忘れようと努力していたのに。

「大丈夫だよ。テレビでも言ったように裁判を起こすから。だいたいあのゴロライターは、これ以上、ゴシップ記事を出されたくなかったら口止め料を寄越せってごねたんだ。脅したら言いなりになるような男だと見くびっていたみたいだよ。俺はかえって、脅されてしゃっきりしたのにね。冗談じゃないって」

脅されたというのは初耳だし、予想外だった。押し黙っている秀真を仙川が横目でちらりと見て「具合は悪くならない？　酔いそうなら停めるよ」と優しく言う。

「いえ……」

首を横に振ると「そうか」と仙川がうなずく。

「野津くんは、主張しないで、気遣って、すーっと引いていく。どんなときでも出しゃばらないんだよな。いつもそうだね。気持ちを、態度に出してくれていいのに」

「そんなことはないですよ」

苦笑した。仙川が見ている自分は、ずいぶんと奥ゆかしい男のようだ。

出しゃばらないで空気を読める男じゃなく——どちらかというと、自分に自信がなくて、勇気が出せない、見栄《みえ》っぱりだ。

「いいや、そうだよ。ひとつ文句を言うのなら、きみはひとりで勝手に完結する。俺は、きみにもう会わないって言われたときショックだったよ。俺のことを慮《おもんぱか》って言ってくれたんだとわかってても」

「え……？」

「きみが、記者に見張られてるんじゃないかって言いだしたときに——俺のことを気遣ってくれてるんだなというのは、わかった。それで、俺も一旦、引いたんだ。野津くんと俺のことを記事にされたら、俺が傷つくんじゃないかと考えて、自分が嫌われるように仕向けたんだと思った。違う？」

「そんな……ことは」

見透かされていた。

仙川の視線を避けるように、窓の外へと顔を向けた。流れていく景色は、どうということのない街並みだ。細い街路樹。寄り添うように立ち並ぶ家屋とビル。歩道を走っていく自転車。

「それに関しては番組で言ったように、安心だから。俺は、俺の大切な人たちを守ろうと心に決めたんだ。最初に記事になったときにもっと徹底したらよかった。そうしたら妻のご両親にも迷惑がかからなかったんだ。きみにも変な虫がつかなかった。記者は、きみのところにもいったんだろう？ 広瀬川のところにもいって、俺のマンションに誰が住んでいるのかとか、俺の交遊関係含めて聞いていったらしいからな。不動産会社にも聞いてまわったって」

わかっていたのか。

すでにばれているのなら、これ以上、口を開かないほうがいいのではと口をつぐむ。

「弁護士を雇って、出版社と雑誌と記者への訴訟の準備をするのに――時間が必要だった。そのあいだはきみとも会わないほうが混乱もしないし、いいことだと思って、あえてきみに連絡はしなかった。でも、きみを諦《あきら》めたわけじゃない。目の前にある障害物をよけて、きみに迷惑がかからない状態になるまで準備していただけなんだ」

「それにしたって、番組での発表は唐突すぎましたよ。もっとひどい暴露記事が出るかもしれない。だいたい仙川さん、片思いの相手がいるって」

「うん。きみだよ」

「……そ」

テレビのなかで仙川が「彼」と言ったとき、自分がその相手だったらいいのにと一瞬だけ思った。思って、そんなわけないよな、もう二度と会わないと言ったしと、無理矢理、浮かんだ考えを否定して、消した。

「俺が落ち込んで、引きこもっているときに、自転車に乗って俺を外に連れだしてくれた、きみが好きなんだよ。自分が生きてることが申し訳なくて落ち込んでいた俺に、人間って温かいんだとか、重たいんだとかってことを思いださせてくれた、きみのことが好きなんだ。わかる?」

信号が赤になり、車が停まる。

「だいたい、きみ、俺のこと好きだろう? 普通に人として好きだっていう程度じゃなく、恋愛対象として俺のことが好きだろう? わかるよ。きみと違って、俺はそこまで鈍感じゃない。きみは俺に惚《ほ》れてる」

なんという傲岸《ごうがん》さ。けれど事実だから、すっぱ抜かれても抗議なんてできやしない。

どういう顔をしたらいいのかわからなくて、仙川から顔をそむけ、意地になって窓の外を見ていた。

ふいに――うなじをツンとつつかれた。

つまむ。

「ひゃっ」

変な声が出た。首をすくめると、仙川がくすぐるようにうなじを撫で、耳たぶをぎゅっとつまむ。

「もしかして惚れてなくても、それならそれでかまわない。これから精一杯の誠意を込めて俺がきみを口説くから。この年になって——久しぶりに人を好きになって、それが片思いってのはけっこうつらい。早く、振り向いて」

つままれた耳朶《じだ》が、じんとした。仙川に触れられていると思ったら、顔が熱くなった。

「な……に言ってるんですか」

言われた言葉の意味は、勘違いしようもない。

——どうしよう。嬉《うれ》しい。

秀真が仙川に隠していた嘘を見破られて嬉しい。仙川のためにと去ったことを、悟られたのが、悔しいけれど嬉しい。それは——仙川もまた秀真を好きだと告げてくれているからで——。

首を捻り、仙川を見た。

仙川は秀真の耳朶から指を離し、秀真の眸《ひとみ》を覗き込む。

「命の恩人。やっとこっちを向いてくれた」

「命の恩人なんかじゃ……」

ない、と言おうとした秀真の唇を仙川の指先が押さえる。

「それ以上、俺に逆らうと、次はキスをするよ。裁判の準備をするまでのあいだずっと俺は、もう何年かぶりになる自分の欲望と闘ってたんだから」

「欲望って」

目を見張って聞き返した秀真に、仙川がニヤリと笑って告げた。

「もしもまだ具合が悪くならなさそうなら、マンションにきみを連れていっていいかな。俺はきみにキスしたい。キス以上のことももっと、したいんだ」

「仙川さ……」

「きみは俺のことが好きだろう？　俺のために身を引くぐらいに、俺のことが好きだろう？」

信号が青へと変わる。

仙川がハンドルを握って前を向く。

整った綺麗《きれい》な横顔に目を奪われ——秀真は、小声で「はい。俺もあなたが好きです」と応じたのだった。

こめかみがどくどくいうくらい顔が火照《ほて》って、恥ずかしくて、嬉しくて、死にそうだった。

そのまま秀真は仙川のマンションへと連れていかれた。

帰さないと言われたから、素直に家に電話をして、今夜は友だちの家に泊まると告げた。い

い年なのに電話を切ったあとに後ろめたくて、どぎまぎした。

辿《たど》りついた部屋には、クリーム・ブリュレまで用意されていた。デザートつきで招くのが、仙川らしい。しかもちいさなガスバーナーまで用意している。

「——俺が来なかったらどうするつもりだったんですか？」

「来なかったら、きみの家に持っていけばいい。家は知ってるんだし」

「そうでしょうけど」

断られる気なんて欠片もない言い方に、脱力する。いまとなっては秀真も、断る気もないから、笑うしかない。

仙川が中身が見えるようにと箱を傾ける。秀真は箱のなかを覗き込み、ブリュレをひとつそっと取りだす。

スプーンを手にすると、仙川がちいさく笑った。秀真は怪訝に思い見返す。

「なんですか？」

「いつもきみはケーキを大切そうに箱から出すから、よほど好きなんだろうなと思ってね。なんだか微笑ましいなと思った」

ふいに恥ずかしくなった。ケーキの取り扱い方について観察されていたなんて。自分が気づいていない無意識の行動様式を指摘されると、たまに、ばつが悪くなる。

「普通ですよ。ケーキってたいてい崩れやすいじゃないですか。クリームとか果物とか」

「そうだね」

キッチンに立った仙川は、秀真の目の前でカラメルをバーナーの火で溶かして焦がす。

「こうやって食べる前にバーナーで焦がすほうが旨《うま》いって、研究室の女子に教えられたんだ。

——はい」

目の前に突き出されたそれに、スプーンを突き刺す。表面を覆うパリパリのカラメルがひび割れ、すくいあげた柔らかいブリュレの上で、薄氷製のプレートみたいに載っている。

口のなかに入れると、ほろ苦さと甘さ、柔らかさと固いサクサク感がブレンドされて、舌先に広がっていく。

美味しくて、二口めを食べようとスプーンに載せる。

仙川の手がふいにのびて、秀真の手首をつかんで引き寄せた。顔を近づけてきて、口を開け、ブリュレをさらって食べる。

「——え」

仙川の口元をしげしげ見てしまう。ものを食べるときの口元というのは、セクシャルな連想をさせる。スプーンを咥《くわ》え、引き抜いてから、仙川が低く言う。

「あんまり美味しそうな顔をして食べるから、どんな味かと思って」

「美味しいでしょう？」

仙川は生真面目に眉根《まゆね》を寄せて、首を横に振る。

「俺には、甘すぎる」

「当たり前です。クリーム・ブリュレなんだから。それにこれはそこまで甘いわけじゃ……」

むきになって言い返すと、仙川が微笑んでいた。つかまれたままの手首が熱い。

「口直しが欲しい」

そのまま秀真を抱きしめて、くちづける。

カラメルの甘い匂いがした。舌をからめられ、味蕾《みらい》についたブリュレの味ごと、口中を味わうようなキスをする。同じものを食べたあとのふたりの唾液《だえき》は、きっと同じ味がしている。

押し返すことは、しなかった。

「きみの口のなかも甘い」

「甘すぎますか?」

「少し」

否定するかと思いきや、そう言われて、少しだけ傷ついた。なんとなく仙川は秀真のなにもかもを肯定してくれると思い込んでいたのだ。甘くない、ちょうどいいよと、こんな戯《ざ》れ言《ごと》の会話でも、そう言い返してくれることを期待していた。

上目遣いに仙川を見ると、仙川がもう一度、くちづける。

「……こうしているうちに、味が変わっていく」

くちづけられると、ほろりと身体がほどけていく。固くなっていたすべてが、他愛なく緩む。

好きってこういうことなんだ。頭のすみで思う。理屈じゃない。触れられると、溶ける。

仙川の眼鏡が、秀真の顔に当たる。唇にキスをするときは邪魔じゃないのに、それ以外の場所にくちづけられるとき、眼鏡のフレームはあちこちに当たる。痛くはないが、固いその感触が、いつのまにか不思議と愛《いと》おしい。

「きみといると、生きているんだって、感じるんだ。ちゃんと笑えるんだ、きみが可愛いから——ひどく可愛いから」

可愛いのはあなたのほうですよと、言いたいけれど、言わなかった。

仙川の心の鍵を秀真はたぶん持っている。秀真の心の鍵は、仙川に手渡した。

——そっと、その鍵を、回す。

「あなたのことが好きです。傷つけられて、かわいそうだって思います」

かわいそうにとささやいて、秀真も仙川にくちづける。

かわいそうという言葉は、愛の言葉と違うものだと以前は思っていた。けれど仙川にそうあやされて、宥《なだ》められてから——それは秀真にとって最上の愛の言葉になっている。

けなげな犬のように。途方に暮れて泣きそうになっている子どものように。他の場所では精一杯の虚勢を張って、自分を哀れむそぶりなど見せないようにしている大人の男が、自分の前でだけ傷ついた顔を見せる。弱い部分をさらして、どうぞ触れてくれていいと投げだして——。

秀真を癒やしてくれたように、秀真もまた仙川を慈しんで、癒やすことができる。

——癒やせるような、そんな男に、俺もならなくては。

そっと誓った台詞を喉《のど》の奥で嚙みつぶし、秀真は、仙川に、極上のキスを返す。

仙川が抱擁の力を弱めないのが、妙に心地よかった。ずっと貼《は》りついていたいように抱きしめ、秀真の頭を撫でる。誰かに必要とされ、慈しまれるのは、気持ちがいい。そんな当たり前のことを実感する。

甘いだけではなく、どこかが苦い。

「あなたのことをちゃんと教えて」

もう二度と不安にならなくてすむように、ふたりのあいだの細い糸を辿る。もっと強く、信頼できるように。

仙川を抱きかえそうとして、自分がまだスプーンを握りしめていることに気づいた。銀色が光を弾《はじ》いて、視界に飛び込む。スプーンを咥えたときの仙川の口元の動きを思い返し、こくりと喉を鳴らす。

押しつけられたシンクに手を置き、スプーンをそこに滑り落とした。金属音が耳につく。

「記事が出てから、あらためて、彼女のご両親のところに謝罪にいってきたんだ」

ぽつりと、仙川が言う。

この部屋では彼女とはほとんど過ごさなかったのだ、と。一軒家のほうには彼女との暮らしの痕跡が色濃く残り、それをそのまま置いておくことで自分を罰していたように思う、と。そこでの暮らしをメインにすることが己への戒めだと自分を痛めつけようとしていた、と。

「ご両親が俺を貶《おとし》めるのはいいとしても、記事になることで、彼女の死も汚されると思ったから。前に記事になったのはご両親が取材されたものだったけれど今回のは違うっておっしゃっていた……。親戚《しんせき》らしい。——娘が自殺した話を蒸し返されて、つらいって泣かれた。うちとは違って、ご両親のほうには、記事にされたくなければ金を寄越せという脅しは来てなかったようだ」

来るまでの車のなかでぽつぽつと説明された、記事のこと、それにまつわる顛末《てんまつ》を仙川が語りだす。

「向こうは、少し脅せば俺が金を払うと思っていたらしい。これという後ろ盾もない、たかが大学の准教授だから、たやすいと見くびってたみたいだな。前に週刊誌のネタになったときに、この件を記事にしたらマスコミなどで仕事しないとごねたことで、かえって与《くみ》しやすいし、びくついていると勘違いされていた。どうも、もとから問題のある記者だったようだ」

「……」

「綺麗事なのかもしれないし、俺自身を守るためってのもないとは言わない。でも……彼女の墓を掘り返すのだとしたら、彼女が喜ぶだろう形で掘り返したい。いまの状態は誰も喜ばないから。彼女は俺と結婚しても幸福じゃなかった。でも……もしかしたら幸福だったのかもなと思うこともある。わからない。それにどうせ、愛なんかじゃ、人は幸せになんてなれないんだし」

みんなが愛について考えている。それ以外のことにかまけて生きながら、ときおり、思いついたように愛についてを考える。

「不幸せになってもかまわないからこの人といたいってのが恋愛なんですよ。そういう意味では彼女は愛を全うしたんじゃないかな。よく知らない人ですけど」

――仙川も。そして、秀真も。

不幸になってもかまわない。いまこの人の体温がここにあり、手が届き、泣きそうな人のことを支えてあげられるなら。

それでいいのだ。

「彼女だけじゃなく、きみにまで傷をつけた。あの記者とはとことん闘うよ」

「そんなの……」

すでにあのときのひっかき傷は痕跡もない。細い瘡蓋ができて、とうに剝《は》がれている。

秀真は、仙川にくちづける。

仙川もまた秀真を抱きかえしキスをする。

何度もくちづけ、舌をからめあう。

仙川の唇は秀真のこめかみや、まぶたにも押し当てられる。耳たぶを嚙まれ、耳殻を舌でなぞられ、戦慄《せんりつ》が走る。

クリーム・ブリュレの味のキスをくり返しているうちに、互いの口中の温度が同じになった。

キスの最後に、仙川が秀真の髪を手のひらでかき混ぜる。

「きみが好きだよ」

仙川が、そう言った。

それだけで胸のなかが甘く火照った。触れられた部分から、蕩《とろ》けてしまいそうで、自然と顔が笑顔になる。

「俺も仙川さんが好きです」

「知ってる」

仙川が秀真の身体から離れる。抱きしめられていたあいだには感じなかった、不確かな孤独を感じる。ちょっと身体が離れただけで、切ない気持ちになるなんて。

「きみのことをもっと教えて」

仙川が言う。秀真もまた仙川に対してそう思っていた。

片手で秀真の顎《あご》を固定して、唇を寄せる。角度をかえて、くちづけられ、秀真はゆっくりと目を閉じる。

口中で濡《ぬ》れた音がする。

仙川の舌が口のなかを動くにつれ、秀真の全身から力が抜けていく。鍵穴にはまった鍵が音をたててドアを開けるように。あるいは、閉めるように？

どちらかはわからない。ただ、秀真の唇をふさぐ仙川の舌と唇が、秀真の心に空いていた鍵穴を、欲望で満たし、ふさいだ。快楽に身を委《ゆだ》ねるのはたやすい。抵抗する理由は、もう、ない。

両手をのばし、仙川の肩に手を回す。抱き寄せて、自分からもキスをする。触れているとどんどん気持ちが高ぶっていく。下腹に熱が溜まり、身体を動かした拍子にそこが擦《こす》れて、低くうめく。

「寝室にいこうか」

とうながされ、素直にうなずいた。

寝室へと向かうまでのあいだに、秀真は何度も躓《つまず》いた。

「もう本当にきみは――」

ささやく仙川の手はずっと秀真の身体のどこかに触れている。腰であったり、手であったり、あるいは平らな胸を弄《まさぐ》っていたり――。

「あなたがそんなふうにするからっ」

指先や唇で悪戯をしかけるから、まともに歩けない。そう、まなざしで訴えかけると、仙川は秀真の衣服を剝ぎ取ることにより熱心になる。

「どんなふうに？」

「だから……そんな……」

秀真の欲望を仙川の手がなぞる。ボタンをはずし、なかへと指を差し入れる。

下着に指を引っかけて下げると、秀真の屹立《きつりつ》が、布の押さえを失って飛び出た。待ちきれなかったみたいに露出したそれの先端を、仙川の指がこね上げる。先走りの蜜《みつ》がぬるぬると広がり、爪でぎゅっと強く孔を刺激され、腰が砕けた。

「や……」

ずるりと倒れかかった秀真を、仙川が引き上げる。

ぼんやりとして、火照って、思考がまとまらない。

仙川の指や舌が秀真の肌に秘密の暗号を描く。仙川への欲望で秀真が体温を上げると、浮かんでくるのは──「きみが欲しい」という直截な欲求。熱のある視線にいぶされて、秀真の感情までもが浮きでてしまう。欲しいと言われて「欲しがられたい」と応じる、秀真の身体。感情もなにもかもが「優しくされたい」と答えている。愛されたい。可愛がられたい。どうにでもしてくれてかまわないから。

ずっと秘めていた感情が、あぶりだしの手紙みたいに、仙川の熱で浮き上がっていく。

仙川を愛したい。

仙川に、愛されたい。

いまの仙川は、そんな秀真の感情をすべて受け止めて、包んでくれそうだった。

レンズの奥の仙川の目は、狩猟家が獲物に狙《ねら》いを定めるのと同じに、集中力と欲望を孕んでいた。おまえを捕まえてやると、仙川の目が、そう伝えている。

足取りをしるすかのように、脱ぎ捨てられた衣服が床に散らばる。辿りついたベッドにもつれあって転がったときには、秀真は、ずり下がった下着しかもうつけていない。その下着も抜き取られ、全裸でぼんやりと仙川を見上げた。

ベッドに倒されたとき、会ったこともない彼女のことを一瞬だけ考えて、祈った。あなたの愛があなたにとって完璧《かんぺき》でありますように。

傷の入ったガラスを光にかざすと、思いもよらぬ屈折率でキラキラと輝くように、不完全であることはあるシーンで心を締めつけるような美しさを増すことがある。愛の在り方なんて、きっと、たいていそんなものだ。

愛がどんなものかなんて知らないのに、わかったようなことを考えて――秀真は仙川の裸の背中に手を滑らせる。

ありのままの不完全な彼を受け入れたかった。後悔や傷ごと引き受ける。ちっぽけで見栄っぱりでろくなものではない秀真もありったけの真心を込める。

仙川の愛は、秀真を見下ろす双眸の奥にある。

「仙川さんも、服、脱いで。俺だけ裸なのは……」

足のつま先にくちづけ、指のあいだを舌でねぶられて、背筋がしなる。くすぐったいのと、快感との狭間《はざま》で、神経がよじれて、スパークしている。

仙川はもどかしげに自分の衣服を脱いだ。

全裸になってのしかかってきた男の胸を両手で押し戻して、言う。

「ねえ……仙川さん？」

呼びかけておいて、その先の言葉を失う。言いたいことなんてなかった。聞きたいこともなかった。

「きみは可愛いね」

仙川が秀真の唇をついばむ。仙川はキスが巧みだ。そしてたぶんとてもキスをすることが好きだ。

身をすくませたら、仙川が笑って、股間《こかん》に触れた。先端を濡らしたそこに指をからめて、ゆるく扱《しご》く。

「ゆっくり、しよう。明日の朝までずっと。きみがちゃんと慣れるまで」

「あの……それは」

「慣れて——もっと欲しいって思えるくらいまで」

低音でささやかれ、背中がざわりと粟立《あわだ》つ。もっと欲しいと甘えるぐらいに、自分が、仙川のすべてにもみくちゃにされてしまうことを想像すると——腰の奥がずくんと疼いた。

秀真の胸の乳暈《にゅううん》を嘗め、唇と舌で乳首をいたぶられると、甘い痺れが股間へと伝わっていく。

「乳首を吸うと、ここがピクピクするね」

先走りの液でぬるりとした指で先端をなぞられ、思わず腰が揺れた。

見返した仙川は、眼鏡をかけている。裸になっても眼鏡をはずさない男の様子は、どこか滑《こっ》稽《けい》にも見える。

「仙川さん……眼鏡……」

「きみがどんな顔をするか見たくて」

はにかむように笑われ、困惑する。

「ちょ……見ないでくださいよ」

観察されているのかと思うと、羞恥《しゅうち》と混乱が同時にこみ上げてきて、秀真の顔を赤面させる。

「だってきみは俺の顔を見られるじゃないか。俺もきみがどんな顔をするのかちゃんと見たいよ」

真顔で言われ、「馬鹿じゃないの」と素で返してしまった。

「馬鹿でいいよ」

仙川は微笑む。

「馬鹿になってきみのことだけ考えて好きで好きでつらいような気持ちになれるなら本望だ」

つぶやいた台詞は甘いのに、そのあとに秀真を見下ろす双眸には冷静さがあった。こちらの様子を窺って、合わせてくれる仙川に、秀真は苛立《いらだ》つ。好きで好きでつらい気持ちになんて言うわりに、秀真の反応を観察し、合わせてくれる余裕があるのが、しゃくに障った。もっとおかしくなってしまえばいいのに。秀真が嫌がっても無理に押し倒してくるような切羽詰まった気持ちで、恋にうつつをぬかしてくれればいいのに。

仙川は、秀真より高い位置でこちらを見下ろしているような部分がある。秀真が拒絶したらすっと引くだろう感覚。どうしようもなくて混乱して、秀真に向かってくるような熱より、余裕が勝っている。

年のせいなのか、経験の差なのか。

仙川の手のひらで転がされているような気がして、そこに腹が立つ。

「じゃあ、なってよ。好きで好きでつらいような気持ちに」

零れた台詞は、秀真の本音。

仙川の眼鏡に手をかけて、取り上げ、ベッドから床へと落とす。

「ひどいな」

「ひどいのは――」

あなたのほうだと言いそうになったけれど、やめた。だって仙川は別にひどくない。けれど秀真もまたひどくはない。これはベッドのなか、シーツの狭間での、どうしようもなく甘くて馬鹿なやりとりのひとつでしかない。

「好きでつらくなるように俺を好きになってくれるの？」

もう一度、今度は問いかけた。言った途端、その言葉がぐさりと秀真の胸に刺さった。駆け引き以前の、ただの願望。どうしようもないぐらいの恋に落ちたいし、仙川にもそんな恋に落ちて欲しい。

――恋で、変わった。

変わりたいという願望と、そんなものでは変わらないんだという大人の諦めの狭間に、この恋が転がって落ちた。秀真も仙川も、それまでの自分と違うものになっていく。

仙川の唇は胸からさらに下へと降りていく。

仙川の舌は秀真の屹立を嘗め回す。先端を軽く咥え、出し入れしながら、舌先で孔をこね上げる。

快感で腰が跳ねた。仙川は、快感で逃げようとする秀真の身体を押し止めるように上からつかむ。太ももの下に手を差し入れて、足を広げさせる。片足だけを折りたたむように曲げられた。

屹立の裏を舌で丁寧に辿り、そのまま後孔への狭路をくすぐるように嘗める。

「――っ」

そこを優しく嘗められて全身が悦楽に震えた。体重をかけて曲げられていた足のつま先がのび、仙川を蹴《け》ってしまう。

蹴った瞬間、ぼんやりとしていた意識が一瞬だけ戻った。

「ごめんなさ……い」

蹴り上げた秀真の足首をとらえ、くるぶしを軽く噛む。

「気にしないでいい」

くるぶしから足首を嘗め——今度はゆっくりと太ももに手を添わせる。太ももの付け根を指でなぞられ、舌で嘗め回されると、喉がちいさく鳴った。ベッドという皿の上に載った食事みたいだ。仙川は秀真の骨の髄まで啜《すす》りそう。

「あの……仙川さん、俺……下手で」

「なにが?」

技巧がないという理由で男に振られたことがあってなんて、いま、言うべきことではないから、やめた。

——後ろでイッたこともないって言ったら、だめだよねきっと。呆れられるだろうかと思う。愛撫《あいぶ》の途中で蹴りつけたことは笑って許してくれるとしても——。

濡らした指が秀真の後孔へと侵入する。縁を広げ、ほぐしていく。なかで曲げられた指がくるりと円を描く。浅い箇所をくるりとかき乱され、当惑する。気持ちいいような、悪いような奇妙な感触。自分の皮膚が薄くのばされて、違うものになっていくような恐怖が、秀真の動きを鈍らせる。

身体を強《こわ》ばらせ、内側での仙川の指の動きを追いかけた。増えていく指と、内部の襞《ひだ》をかき混ぜる爪で、自分のなかがいっぱいになっていく。

「……っ」

内側で火花が爆《は》ぜた。

快感が全身をとらえる。全身に汗が噴きだし、頭がおかしくなっていく。後ろをいじられる快感なんて知らなかったのに、仙川の指は確実に秀真の内側の導火線に火を点《つ》けた。知らなかった悦楽が螺旋《らせん》を描いて内側を上昇し、後孔がひくひくと震えている。

どうして?

「色が白いから——火照ると綺麗だね」

ささやいて仙川は、秀真の上にのしかかる。後ろに指を入れ、感じる部分を擦りながら、秀真の乳首にくちづけて、ついばむ。

「——は……あ」

自然と声が漏れた。いままでこんな声を出したことはない。胸と下腹と内側との三点の神経の糸がピンと張りつめて、仙川の指でかき鳴らされている。

チロチロと嘗められることで硬く尖《とが》った胸の粒を軽く噛まれる。唇で扱くようにして噛んだり、舌先で先端をつぶして味わう。そうされるたびに秀真の後ろがひくひくと収縮した。

縮むと、内部は、かき混ぜる仙川の指の形にぎゅっと窄《すぼ》まる。複数の指に秀真の内壁の襞《ひだ》がからみつく。

「入れないの？」

「あどけない顔でそう言うのは、誘ってると思われる」

「え……？」

「最初は痛くするよ」

ふ……と微笑んだ仙川の笑顔はシニカルな悪魔みたいだった。綺麗で残酷でおもしろがっている。

仙川の指が抜かれ——秀真の足首を持って両足を抱え込むように曲げさせられた。自分ではしようとも思わない形に身体を丸められ、後孔が仙川の視線にさらされる。

指で開いたそこに、仙川の屹立が穿《うが》たれた。

「う……あ」

悲鳴は外ではなく、内側へとこもる。ひっと息を飲み、みりみりと自分の身体が裂かれる痛みに耐えた。

仙川が体重をかけて、ゆっくりと腰を進める。

窄まりの縁の皮膚が薄くのばされ、敏感になっていた。それをたしかめるかのように、少しずつ、侵入してくる。痛みは、他の感覚のすべてを凌駕《りょうが》した。仙川に入れられている、そこの部分のことしか、考えられなくなる。

「な……んで」

優しくされたいと願ったのに。仙川なら絶対に秀真の身も心も蕩けさせてくれると信じていたのに。

裏切られたと思った。ひどい。

「い……た、い」

涙が目尻《めじり》から溢《あふ》れて、頬を伝う。

「……可愛いね」

仙川が秀真を見下ろし、涙を指先で拭《ぬぐ》う。ひとさし指についた滴をそのまま、秀真の唇に押し当てる。乾いた唇に触れた一滴の水分。仙川の指が離れると、気化され、冷たくなる。連鎖反応みたいに唇を嘗める。喉が渇いた。

喉は渇いているのに、目からは涙がぼろぼろと零れている。水分を放出したくなんてないのに。

涙のせいで視界が微妙に歪《ゆが》む。秀真の上に重なる男の顔をぼんやりと見つめる。

——この男は、誰なんだろう。

仙川月久。少し前まで秀真の大家さんで、大学の准教授。経済学を専攻している。他にはない切り口で経済をわかりやすく解説した著書やＴＶ界で有名。死別した妻がいて、心に傷を負っている。散りばめられたデータが脳内で点滅する。

とても優しい。秀真がこの部屋にいたときは、いつも土産《みやげ》を持ってやって来て、自分では食べない甘いものを運んできて、秀真が食べる姿を笑顔で見ている。抱きしめてくれた。気持ちのいい巧みなキスをした。好きだと言って、好きになってもいいと応じてくれた。

でも、知らない。

携帯の受信フォルダに蓄積したデータのように、秀真のなかに仙川の情報は溜まっている。けれどこんなふうに秀真を痛めつける仙川のことを、秀真は、知らない。

新しい仙川の一面。

知るたびに、皮が捲《めく》れ、違う仙川が顔を出す。だから、飽きない。だから、もっと知りたくなる。

「痛い……痛いから、もう」

泣き声になった。押しのけようと仙川の胸に手をのばす。仙川はその秀真の両手ごと押しつぶすようにぐいっと身体を進める。

「ひ……あ」

ずくん、と、内部がひくついた。

いちばん太い部分がずるりと中へと押し入ってくる。太さよりも、今度は、長さを内部で感じる。ずっと奥まで仙川が入ってくる。

「……っ、ん」

しかも——ぐっと力を入れて押し込められた切っ先が、秀真の奥へと扉を開けた。快感が湧き出てくる。痛いのに、気持ちがいい。

仙川が秀真の股間に手をのばす。強い痛みにちぢこまっていたはずのそこが、仙川の指で嬲《なぶ》られ、勃《た》ち上がった。皮を剝《む》かれ、敏感な先端を撫でさすり、零れた蜜で竿《さお》を濡らす。

仙川の屹立を秀真の内壁がぎちぎちに締め上げる。

「や……だ……」

仙川は秀真の腰を抱え、角度を変える。内壁のいい場所を擦るように、抽挿する。丁寧に、優しく、楔《くさび》でそこを引っかく。

その動きは、秀真の見知った仙川のそれだった。

無理に押し入ってくるのではなく、秀真を労《いたわ》るように動く。

はじめの痛さがあったからこそ、その慈しみが神経を灼《や》いた。痛さと恐怖が一気に反転し、快感へと駆け上がっていく。

たまらない愉悦に頭がおかしくなる。腰を捻《ひね》って逃れようとしたら、仙川に力尽くで留められた。

内壁の形が変わっていくような気がする。仙川の楔で、そこは、いままでとは違うものへと、作りかえられた。秀真の内奥は、仙川によって、穿たれて、ふさがれて、擦られて、快感を感じるものへと変化した。

「……め、て」

なにをやめて欲しいのか、わからない。

抽挿のたびに腰が跳ね、秀真の屹立が蜜を滴らせて揺れる。男に入れられて勃起しているのだと思うと、頭のなかが真っ白になる。仙川を好きになるというのは、こういうことか。仙川に好かれるとは、こういうことなのか。

ふいに――抽挿が止まる。

ぐらぐらと揺すぶられていた動きが停止し、秀真はしばらくなにが起きたのかを把握できない。

「…………え?」

仙川は、なかに差し入れた形のまま、じっと秀真を見下ろしている。

「やめて欲しいの?」

やめてと言ったから、やめたのか。内側いっぱいに仙川の男を咥え込んだまま、留められて、秀真は混乱する。これは親切なんかじゃなく、嫌がらせだ。わざとだ。

「……し、知らない」

動揺したまま吐き捨てた。我ながら、子どもみたいなことを言っている。耳が熱い。羞恥は、頭や頬を火照らせる。これならば快感で全身が汗だくになるほうがずっといい。

――あんたなんか知らないっ。

言えないまま、そんな言葉が脳裏で閃《ひらめ》いた。こんな仙川を秀真は知らない。知りたくもなかった。意地悪で、秀真を恥ずかしくさせる仙川。

けれど、こんなふうに言わせられた屈辱のなかに、どろりとした甘さが混じっていることも、秀真はわかってしまった。あんたなんて知らないと口走り、詰《なじ》ることができる、甘ったるさ。すべてはベッドのなかのじゃれあいだ。睦言《むつごと》はなんでも、噛みしめると奥歯が疼くぐらい、じっとりと甘い。

「知らないんだ？　もっと知って欲しいのに。俺のことも――きみのことも、教えて。もっと……」

もっと教えて、もっと俺を好きになってとささやいて、仙川の唇がおりてくる。くちづけられ、秀真は、仙川の首に両手を回す。引き寄せると、なかで仙川の屹立がまた角度をかえる。当てられた箇所から快感の痺れが湧き上がり、秀真は仙川をしめつけ、襞で包み込む。

仙川が再び動きだす。ときおり混じる痛みが、かえって快楽を引き出す。苦痛が陰影のコントラストを強める。痛い。痛くて、気持ちがいい。深く結びついた箇所から愉悦がこみ上げてくる。

「あ……あっ」

声が、出た。

普段は出すことのない喘《あえ》ぎが零れ、ぎょっとする。押し止めたいのに、唇を嚙みしめても、かすれた息が漏れてしまう。色めいた吐息に、目を閉じる。見ないことにしようとしても、耳はふさげない。

「――っ」

もう自分がどうなっているのかが、わからない。秀真の全身にも汗が滲《にじ》んでいる。仙川の背中に手を回してしがみつく。仙川の肌は汗ばんで、熱い。秀真の全身にも汗が滲《にじ》んでいる。互いの肌の上に浮き出た水分が、ふたりの肌をぴたりと貼《は》り合わせている。

指先が仙川の肩胛骨《けんこうこつ》とその下の筋肉の動きを感じる。吸いつくように手のひらを仙川の背中に添わせ、必死に身体を引き寄せる。

全身に小刻みな痙攣《けいれん》が走った。

内側が強くうねる。

放出は唐突で――長かった。白濁が仙川と秀真のあいだで溢れる。

間欠的に残りを吐きだした秀真の屹立に、仙川の指がからみつく。緊迫が解け、少しだけくたりとちいさくなったそれを、大きな手のひらで撫でる。

「……やっ」

今度の拒絶は睦言ではなく、本心の否定。射精して、あとは萎《しお》れるのを待つだけのそれを、仙川はまだ愛撫する。秀真はそんなふうに執拗《しつよう》にされたことはない。飛び散った精液を指で辿り、まといつかせ、そのぬめりで秀真の屹立をゆるゆると扱く。

腰を捩《よじ》ると、内壁が包む仙川の形が如実になる。まだ硬く、大きいままのそれを、秀真はねじ込まれたままだ。

「仙川さん……?」

ぼんやりと目を開けて、仙川の顔を下から覗き込む。眼鏡をかけていないというのに、レンズ越しに見つめられているような歯がゆさを感じる。ガラスを隔てて、遠くから凝視されているような気持ちになる。仙川は、秀真をいたぶって、悶《もだ》えるさまをつぶさに観察している。

とろりと溶けきった身体から残滓《ざんし》まで絞り取るようにいたぶられ、ぞくりと震えた。

カチリと内奥で音が鳴った気がした。気のせい。でも秀真の鼓膜が自身の内部が発した音をとらえた。

仙川の楔が秀真の内側の形を変える。

回されて、打ちつけられ——セックスの形が変わる。喜びに至るドアが、ドアノブごとねじ切られ、鍵をつけかえられた。仙川の男に入れられて、はじめて、自分がそうされることが好きな身体だと知った。あまりにも強烈な快感で、きっともう後戻りできない。

「……知ってたの? あなたは俺のこと……知ってたの?」

こうなるってわかっていたの?

「俺、こんなに気持ちいいの、はじめてだ……。後ろ……こんなの……。俺がこうなるって、

知ってた……?」

問いかけは譫言《うわごと》めいて、唐突で、やみくもだった。

「ああ」

答えを聞いて、どうしてか、安心した。そうか。知っていたのか。なら仕方ないな。

仙川が、秀真の欲望を擦りながら抽挿する。ゆっくりとはじまったそれが、熱を帯び、速まっていく。

優しくされたいなと、思う。ぐちゃぐちゃに揉《も》み込まれて、違うものに作りかえられていくようなセックスのなかで、愛されたいなと思う。優しくして。愛して。そう頭に浮かんだけれど、それを口にしたかはわからない。

秀真が二度目の絶頂を迎えたと同時に、仙川が屹立を引き抜き——秀真の下腹に白濁をぶちまけた。ふたりぶんの精子が秀真の腹と太ももを、熱く、濡らした。


「おはよう」

起きたら、仙川が、微笑んで秀真のことを見返した。

さすがに眼鏡ははずしていて——ぼんやりと寝ぼけた顔をして、眠たい猫みたいに顔を手のひらで擦《こ》する。

片手を秀真の腰にまわし、秀真の額に、額を擦りつける。

「まだ少し眠い。でもいかないと」

「……仙川さん」

「起きないと。仕事にいかないと」

自分に言い聞かすように何度もそうつぶやいて――でも仙川は、秀真の身体を離さない。

「なにしてんですか。早く起きなよ」

突き放して言ったら、仙川が「うん。そのとおり」と笑った。

笑って、秀真の額にちょんと唇を押しつけた。

胸が、弾んだ。いままでの心臓とはまるで違うものを、胸のなかに入れたみたいな、はじめての跳ね方でトクンと脈打つ。

素肌が触れあい、そこから温度が伝わってくる。

すごく好きな人に好かれるってこういう気持ちなんだ。

はじめての切なさに、息すらも止まりそうになる。いつもの朝の光景で、なにが変わったわけでもないのに、カーテンの隙間《すきま》からベッドまで差し込む陽光がキラキラして見える。仙川の身体の輪郭にも、白い光がまとわりついているみたい。

磁石みたいに、互いに求め合っている皮膚が剝がれない。

愛撫未満の撫でかたで、秀真の全身をまさぐっている。秀真もまた、仙川の背中に手を回し、

肩胛骨の動きをたしかめる。ひとしきりいちゃついてから、

「だめだ。もう起きなくちゃ」

とうとう決意したように仙川がそう言って起きあがる。

タオルケットをはねのけてベッド脇《わき》に腰掛けた仙川の背中にいくつものひっかき傷。

「仙川さん、背中」

「ん?」

「怪我《けが》」

「ああ。きみが昨日……」

くすりと笑う仙川の笑みが意味深でいやらしくて色っぽい。

「……すみません」

いきなりいろいろなことがすべてどっと頭のなかに雪崩《なだ》れ落ちてきた。あんなことやそんなことや——快感のあまり口走った台詞に、責め立てられて一瞬だけ飛んだ記憶と——そのあとに優しく飲まされた口移しのぬるい水を嚥下《えんか》して——。

「なんであやまるの? こんなふうになったのははじめてなんていう台詞、男冥利《みょうり》につきる。本当でも嘘でも、燃えた」

「わーっ」

耳まで熱くなったからタオルケットを頭までかぶってくるまった。

「……連絡する」

タオルケットの布越しに背中を撫でられる。

「うん」

そっとタオルケットを引き下げて、目だけ出して仙川を見上げる。

「きみが好きだよ」

つづけられた仙川の声に、秀真もまたうなずいて「俺もあなたが好きです」と応じた。

秀真は幸福で、蜂蜜《はちみつ》につかったみたいなとろりとした甘さに満たされていた。

※

冬が、近づく。

秀真は自宅で過ごし、自立するための資金をあらためて貯蓄している。次は本当の自分の力だけで自立したいから、仙川のマンションに戻ることはしなかった。努力の甲斐《かい》あって少しずつだが仕事が増えていった。睡眠を削れば仕事量が増えるという単純計算に基づいた増量計画なので、親が秀真の身体を心配するのをいなすのが大変な最近だ。

仙川とのデートは週に一度ぐらい。秀真が仙川のマンションにいったり、あるいは待ち合わせて映画を観にいったり。車が苦手な秀真にあわせ、仙川も電車で移動してくれたことがあったが、なにせ目立つ男なので、ひそひそと「あの人、見たことある」とささやかれ、視線が集中するのが居心地が悪くて、インドア気味になった。

仙川は「気のせいだよ。誰も見てないよ」と笑うのだが。

窓を開けてもらっての短距離のドライブは、たまにする。

自転車のふたり乗りは、もう、しない。

けれどそのうち仙川と秀真と、それぞれに自転車を購入してふたりでサイクリングでもしようかと計画している。


仙川と秀真がつきあいはじめてから、広瀬川も交えてハンバーグの美味しい喫茶店にいった。ハンバーグのオマケリベンジの会だった。

書店の休みにあわせての、第二木曜日。

「ああ、予約のオマケのお客さんね。はい」

三人でひとつの卓に座ったら、店員がそう言って水を置く。

「オマケの客じゃないよ。ハンバーグ定食三つ」

広瀬川が呆れ顔で言う。店員は無表情に厨房《ちゅうぼう》にオーダーを告げに戻る。

「他でもない。広瀬川にわざわざ来てもらったのには理由があってな」

仙川が神妙な顔で言う。

「知ってる。オマケの予約だろ。俺がいないとちゃんとしたオマケが出されないのではと意地になってるんだろ?」

「それもあるがそれだけじゃなく」

「ああ、裁判な。訴えてやるって言うからサクサク進むのかと思ったら、やたら書面がいきかうだけで、やっと一回法廷に呼ばれたな。次の法廷は三ヶ月後だっけ? まあ勝つだろうって思ってんだけど」

「当たり前だ。こっちに落ち度はない」

「裁判中は向こうも仙川の周囲を嗅ぎまわらないし、よかったじゃないか。おまえって意外と有能だったよな。各編集者やテレビ局がおまえの味方についた」

「売れてるときだけのあだ花だ。ブームが消えたら、しめしあわせてそっぽを向くよ。だからこそいま動いて、うざい相手は封じておかないとと思ったんだ。……ってそういうんじゃなくて、報告。あのな、俺たち、つきあってるんだ」

「はあ?」

水を飲んでいた秀真は、仙川の隣で盛大に噴き出した。

——なんていうカミングアウト。いきなり!?

けれど、広瀬川は「知ってるよ」とさらっと応じた。

「え?」

噴いた水をナプキンで慌てて拭いていた秀真の手が止まる。

「おまえ、片思いしているのは『彼』って言ってたしな。おまえのことずっと見てれば、わかる。そうじゃなきゃ、野津くんにおまえの泊まってたホテルの部屋番号べらべらしゃべったりしないし。ただ、次に誰かとつきあうときはちゃんと俺に報告するってのを約束してたわりには、報告遅かったよな」

顔をしかめて広瀬川が言った。

「すまん。途中でいろいろあって、野津くんの気持ちの確認が遅れたせいで」

「片思い、ね。いまは両思いってことか」

「ああ」

仙川がうなずく。

広瀬川と仙川のあいだでだけに伝わるものが、あった。秀真にはわからない友だち同士の約束事。困惑顔だった広瀬川の、しかめ面が、ゆっくりと解かれていく。

「そっか。永遠におまえは人を好きになれないかと勝手に心配してた。よかった。俺がおまえの老後を宥める役にならないですんだ」

「そういう広瀬川こそ、ひとり身だろうが」

「俺はいいのっ」

広瀬川の無骨な手がトトンとテーブルを叩く。それから軽く拳《こぶし》を握り、仙川の頬を優しく殴る。ふにゃふにゃのパンチが、仙川の皮膚にぐっと沈み込んだ。

「ちくしょう。コンカツしてやる。来月には彼女作る。俺はな、こう見えてもモテる」

つぶやく広瀬川は、十代の少年みたいにふてくされた顔をしていた。友だちのことを心配して、友の痛みを自分のものとして傷つく少年の顔。些細《ささい》なことで一喜一憂して、でも俺は平気と自分を大きく見せようと虚勢を張る。

「知ってる」

答える仙川も、同じ顔をしている。

三十二歳の顔に貼りついた、ガキの顔。

「あーあ。よかった。おまえ、生き甲斐とか幸せについて書いているのに――いつもたいして楽しそうじゃなかったから詐欺だと思ってた。これでちゃんと幸せになれるなら、なによりだ」

「うん」

仙川が素直にうなずいている。

「こいつはアレな男だが、まあ頼む」

広瀬川が秀真に向かって、そうつづけた。

「アレって……」

「面倒くさい奴だよ。飄々《ひょうひょう》としてるから気づかないけど、けっこうギリギリまで我慢してていきなりプツンと神経切れるから。間合いつかむまで面倒。——相談事があったらうちに来い」

「ええと……はい」

じーんとした。

親友に秀真を恋人だと告げてくれる仙川。その仙川の告白をさらっと受けて「幸せになれ」という広瀬川。

そうして三人で激ウマのハンバーグを食べ——オマケに出てきたのは手作りケーキ（普段は店に出していない苺《いちご》ショート）と薔薇《ばら》の花が一輪ずつだった。

きちんとラッピングされたピンクの薔薇を帰り際に手渡され、男三人で、顔を見合わせて——店を出てから同時に噴きだしたのだった。

恋人ができた。

好きな人ができたぐらいでなにかが変わるなんて思わなかったのに、変わった。

恋で変化するのは、大人だからだ。子どものときの恋愛はもっとシンプルで、もっとすっぱりと割り切れた。いまはなにも割り切れず、でも憎しみも慈しみもどれもくっきりと鮮やかだ。

仙川のために秀真は犬になる。愛玩物《あいがん》になる。でも仙川のためにひとりの男にもなる。

――絶対に、誰よりも仙川さんを幸せにする男になるから。

そうじゃなきゃ、やっていられない。

仙川はいまもまだときどき暗い目をする。それも含めて、秀真が好きになった仙川だ。仙川の心の、黒い扉を開ける鍵を秀真は手渡された。それだけで充分だ。

子どものときに夢見ていた完璧で無条件に綺麗な幸福なんて、たぶんこの世界のどこにもない。手を汚して、汗だくになって、つかみ取らないと幸福は逃げてしまう。

つかみにいってもすり抜けてしまうものもあるが――手のなかに残るものも多く――。

ある日、青山《あおやま》に呼びだされていった先に、下野《しもの》が仏頂面で秀真を待っていた。

「なんで野津くんまで一緒に書評やるのよ」

下野と青山と三人での打ち合わせである。

秀真の懇願を受け入れてくれた青山が下野を取りなして笑う。

「だってわざわざ頼みに来たんだもの。それに、野津くんでも下野さんでもどっちでもいいかなとは思ってたのよね。やる気がある若い人と仕事するのは私のいい刺激にもなるし。粘って粘って三人交替にしてもらったんだから、ふたりともがんばるのよ」

青山の粘り勝ちで、若手も交えて三人交替で記事を書くことになったと聞いた。

秀真はありがたく青山と、そして下野へと頭を下げる。

「恋人ができたんで、がんばりたいんです。よろしくお願いします」

下野が「え?」と息を飲む。

——鈍感にもほどがあるって呆れてるのかもな。

それでも、これは秀真にとって下野への謝罪の形だった。下野とはライバルとして向き合う。変なところで見栄は張らず、正直にやっていく。

下野は「あー、野津くんの恋愛がらみの告白、はじめてだ」とつぶやいた。

「たまに愚痴るかもしれない。でもそのときはもうからみ酒はしない。いままではすまなかった」

そう言うと、下野が情けない顔をして笑った。

「じゃあ今度、私のからみ酒につきあえ」

「いいよ」

すぐに切り返してくるところが、下野の、下野らしいところだ。

「あ……野津くん、見せてもらった小説、おもしろかったわ。三人称で『Mは笑った』って、ずっと、彼でも彼女でもなくMでとおして続くから性別もわからない。最後になって、どんでん返しでやられました。特に前半がとても華やいで綺麗な、いまどきの文体ね。途中であのリズムがくるうのがちょっと惜しいわ」

ずっと翻訳したいとあたためていた小説を訳し終え、青山に見せた。

通常は「これを訳したい」と原文を見せて相談するのだが、今回はどうしても自分でやりたかったから原本と共に訳し終えた翻訳文も渡して相談したのだ。

他の人間に訳されたくなかった。

自分がやりたかった。

青山の口ぶりに、手応えを感じ、胸が躍る。

ひとつひとつ――目の前にあるハードルを乗り越える。

好きな人を支えたいという欲望だけで、秀真は、仕事のペダルをぐんぐん漕いでいける。

もしも秀真がバランスを崩して、止まったり、倒れたりしたら、きっと仙川は秀真のことを支えてくれるだろう。信じている。

どうして自分がこんなに前向きになったのかと、不思議になることがある。たかが恋。その恋がうまくいったからって、それだけで馬力がでるなんて、まさかという気持ち。

その疑問を投げかけたら、経済学の准教授であるところの仙川月久が、しかつめらしい顔で、眼鏡を押し上げて、こう言った。

当然だよ、なにせ愛はすべての人の暮らしを回して、支えているのだからね、と。

なるほど。

愛が経済と生活すべてを回している。

秀真は今日もまた『I』と『愛』についてを考えながら、過ごしつづけるのだった。

あとがき

こんにちは。佐々木禎子《ささきていこ》です。

今回のお話は、ものすごく難産でした。

自主改稿含めて十稿まで直してます。

初稿では攻めキャラ視点の章もあったのですが、攻めキャラの抱えているものが重たすぎて、とんでもなく暗い仕上がりになったため、すべて削りました。

その後も直しに直し、私はかなり長いこと、この攻めと受けのことを考えつづけて過ごしてました。

考え過ぎて「もう仙川《せんかわ》准教授のことはあまり考えたくない」という気持ちにすらなりつつも、どうにかこの人が幸福になれるようにと書いたり削ったりして過ごしていました。野津《のづ》くんのことを考えるのはそんなに大変じゃなかったです。たぶん私も野津くんみたいに器がちいさいから（笑）あえて野津くんの心情を考えなくても、するすると書けたんだと思います。

このお話の初稿を書いていたとき、私はすごく疲れていたのでしょう。

自分と同じような器のちいさい人間が、なにをするでもなく優しくされるようなそんなファンタジーを求めていたのだと思います。

しかし、直していくうちに、野津くんは度量のちいさい男ながら、ずいぶんと努力家で前向きな人に変貌しておりました。

それまでは「なんだか妙な話だ」と頭を抱えて書いてたんですが、野津くんにポジティブな部分が出てきた途端に「ああ、これは私の書く物語だ」と納得でき、こういう物語に結実しました。つまり、根がポジティブなのが私のキャラのカラーなんだね。

そんな大量改稿に辛抱強くアドバイスをくださった担当編集さま。いつもありがとうございます。ときどきなにかの加減で後退する私をこれからもよろしくお願いいたします。

イラストの新藤《しんどう》まゆりさま。素敵なキャラたちをありがとうございます。新藤まゆりさんの描いてくださった仙川准教授（眼鏡つき）にうっとりしています。

そしてこのお話を手に取ってくださった皆様に最大の感謝を。ありがとうございます。

楽しんでいただければと願っております。

この本を読んでのご意見、ご感想を編集部までお寄せください。

《あて先》〒105−8055　東京都港区芝大門2−2−1　徳間書店　キャラ編集部気付
「仙川准教授の偏愛」係

■初出一覧
仙川准教授の偏愛……書き下ろし

Chara

仙川准教授の偏愛

……【キャラ文庫】

2012年7月31日　初刷
著者　佐々木禎子
発行者　川田 修
発行所　株式会社徳間書店
〒105-8055　東京都港区芝大門2-2-1
電話048-451-5960(販売部)
03-5403-4348(編集部)
振替00140-0-44392
印刷・製本　株式会社廣済堂
カバー・口絵
デザイン　間中幸子

ISBN978-4-19-900675-3

キャラ文庫最新刊

公爵様の羊飼い①
秋月こお
イラスト◆円屋榎英

公爵家の三男・フリードリヒは、羊飼いのヨールに出会う。彼はフリードリヒの母の騎士だったが、今は身分を剝奪されていて!?

仙川准教授の偏愛
佐々木禎子
イラスト◆新藤まゆり

学者・仙川《せんかわ》の元仕事場を借りることになった翻訳家の秀真《しゅうま》。ひたすら優しい仙川に惹かれるが、時折見せる暗い瞳が気になり!?

諸行無常というけれど
谷崎 泉
イラスト◆金ひかる

旅行会社勤務の朽木《くちき》は、同窓会で一之瀬《いちのせ》と再会。翌朝、なぜか二人はベッドの上で、Hな動画をネタに脅されてしまい——!?

小説家とカレ
渡海奈穂
イラスト◆穂波ゆきね

小説家の芦原《あしはら》は、幼なじみの高槻《たかつき》に片想い中。けれど高槻は小説の仕事に反対。ドラマ化が決定すると、機嫌は一層悪くなり…?

8月新刊のお知らせ

中原一也 [双子の獣たち] cut/笠井あゆみ
西江彩夏 [それぞれのドア(仮)] cut/麻生ミツ晃
鳩村衣杏 [愛の毒(仮)] cut/小山田あみ
火崎 勇 [足枷] cut/Ciel

お楽しみに♡

8月25日(土)発売予定